蒋鑫爱 ◎ 著

轻拾岁月的阳光

QingShi SuiYue De
YangGuang

国际文化出版公司
·北京·

图书在版编目（CIP）数据

轻拾岁月的阳光 / 蒋鑫爱著. -- 北京：国际文化出版公司，2022.8
ISBN 978-7-5125-1427-0

Ⅰ.①轻… Ⅱ.①蒋… Ⅲ.①散文集–中国–当代 Ⅳ.①I267

中国版本图书馆 CIP 数据核字(2022)第 112182 号

轻拾岁月的阳光

作　　者	蒋鑫爱
特约策划	张立云
责任编辑	吴赛赛
装帧设计	云上雅集
出版发行	国际文化出版公司
经　　销	全国新华书店
印　　刷	长沙市精宏印务有限公司
开　　本	889 毫米×1194 毫米　　16 开
	15 印张　　　　　　　　350 千字
版　　次	2022 年 8 月第 1 版
	2022 年 8 月第 1 次印刷
书　　号	ISBN 978-7-5125-1427-0
定　　价	78.00 元

国际文化出版公司
北京朝阳区东土城路乙 9 号　　邮编：100013
总编室：　(010) 64270995　　传真：(010) 64270995
销售热线：(010) 64271187
传　真：(010) 64271187-800
E-mail: icpc@95777.sina.net

自序：我在文字里隐居

有大家说，文章感动自己容易，感动别人难。我用心，用情，用每一个会呼吸的毛孔，记录跌跌撞撞人生路上我的所思、所想、所哭、所笑，希望情到真时能打动人。

父亲早年毕业于长沙明德中学，从事被誉为"人类灵魂的工程师"的教师职业，当过《湖南日报》的通讯员。耳濡目染，我从小就恋上文字，在文字里奔跑、欢笑、陶醉。文字就像我的知心朋友，一直陪伴着我成长。在那样艰苦的年代，父亲给的少得可怜的零花钱，我都会从牙齿缝里攒下用来买书。因此，直到现在，我养成了不吃零食的习惯。那时候我有个小名叫"书呆子"，在家基本上都是"大门不出、二门不迈"，总能听到母亲"小姐，下楼吃饭了"的喊声。

我从17岁开始向报刊投稿，全国各地报刊不知道有多少个编辑部有我"到此一游"，发出去的稿件都是泥牛入海，杳无音信。投稿的酸甜苦辣可谓是一言难尽，"投稿专业户"和"退稿专家"之称也因此而来。20世纪90年代，我连续7年担任《湖南农村报》特约通讯员，同期经常在《洞庭之声》等刊物上有文字发表。1994年，《洞庭之声》向全国读者征稿，汇编《名言集锦》一书，当时我入选4条，书中第一页就两个人的名字：第一位是赫赫有名的导演邹当荣先生，第二位便是我。由于和邹大导演有这缘分，我多次想找他去他剧中做个群众演员，一直在等待机会。其中入选的我的一句"名言"为："别人嫉妒我是因为我有能，我嫉妒别人是因为我无能。"这么多年来，我从不嫉妒别人，凡是比我有才能者，我都向他们虚心学习并致敬。

2004年，一次偶然的机会，我接触到网络，从此一发不可收拾。10年间，我在国内各大论坛"摸爬滚打"。没有接触网络之前，我写日记（箱底现有10大本日记簿），有网络以后就在QQ空间写日记。有人写作是奔着名利而来，而我写作是兴趣、痴迷。正如俄国作家、思想家托尔斯泰所言：作者的笔是"蘸着自己的血肉在写作"。写作确实是一件很苦的差事，每个字都是作者的心血，而我却乐此不疲。著名作家、小说《那山那人那狗》作者彭见明老师给我们授课时也曾经说过："把写作当成一种爱好，你就会写得开心、写得快乐。"

《轻拾岁月的阳光》散文集包含了我的"过去""现在"和"将来"，共分5大部分：

第一辑为情感篇，关乎爱情、友情、亲情。有人说文字是作者的影子，我的散文字字是我心、我声，句句是我言、我意，篇篇是我身、我影。其中《生死劫》入选2019年《湖南报告文学》年度选本，有很多读者将那些触动他们心灵的语句做了标记给我留言：这样的语句没有亲身经历是不会有如此强烈的感触的。《爱哭的我》一文首发于腾讯论坛时，有很多网友留言"读后笑到喷饭"，一篇写哭的文字竟然让读者开怀大笑，出乎意料，当然也在情理之中。

第二辑为网事篇。凡触碰网络的人，都会发生很多有趣的故事，甚至有可能经历一场轰轰烈烈的"网恋"。自2004年始，我在各大论坛游荡，不管是在论坛中还是在游戏里，我都用自己真实的笔记下点点滴滴，这些网络文字不少于30万字，由于篇幅有限，这本集子里只从中选取部分文字。

第三辑为旅游篇。旅游是我的爱好之一。正所谓"读万卷书不如行万里路"，不同的城市有不同的文化底蕴。在旅途中我边走边看，在不断的学习中提升自己。

第四辑为絮语篇。人生路上，总会得到许多人的关心和鼓励，总有那么一盏明灯伴你前行。我们絮絮叨叨而来，许多人便成了朋友，如情同姐妹的鹤子，可尊可敬的老师张立人，一路同行的文友姜凤龙、姜灿辉，等等。不管是并肩前行，还是殊途陌路，遇见了就是缘，感恩生命中的所有遇见。

第五辑为采风篇。我们的祖国越来越强大，人民的生活越来越富裕。2021年适逢中国共产党成立100周年，本书中特选取了走进乡镇的采风文字，向我们的祖国和人民致敬。祝福祖国繁荣昌盛，永远辉煌。

回眸，那些岁月的阳光普照大地，同时投射进心灵的窗口，如金子般闪亮。

聆听冬雨的倾诉
蕴含多少年轮记忆
纤细的手臂，伸向远方
在这冬末的唇齿之间
变换着角度，正拉开
春暖花开的序幕

目录

第一辑　流年，倾心而诉

那个寒冷的冬天 …………………………… 002

湘阴　风景这里独好 ……………………… 005

报纸 ………………………………………… 009

烛光里的妈妈 ……………………………… 012

爱哭的我 …………………………………… 015

离别的站台 ………………………………… 018

坐解放牌货车的新娘 …………………………… 022

生死劫 …………………………………………… 028

过了阳关更向西　总是思兄处 ………………… 037

声尽呼不归 ……………………………………… 040

有一种生活叫"吃红薯" ………………………… 042

千层鞋　慈母爱 ………………………………… 044

相知无远近　相惜在今生 ……………………… 047

在故乡的青山上 ………………………………… 052

我的小棉袄 ……………………………………… 055

担丘田里的哭声 ………………………………… 057

我的投稿历程 …………………………………… 061

相识是缘分　惜缘成知己 ……………………… 064

请听我的"二重唱" ……………………………… 067

偶翻故友事　仰月望旧时 ……………………… 070

我的初恋 ………………………………………… 073

我的精神伴侣 …………………………………… 076

阳台，心灵的栖息地 …………………………… 079

秋晨心语 ………………………………………… 081

第二辑　"网事"，并不如烟

春天的谎言 ……………………………………… 086

红网十年 ………………………………………… 090

你的她找到了吗	092
45天之缘	094

第三辑　旅途，踏歌而行

"新马"纪行	098
四川之旅	107
齐鲁畅游	111
走读苏浙沪	123
香港之行	131

第四辑　邂逅，何以相忘

要想红　找当荣	136
我眼中的一只鹤	138
点赞是一种礼节	141
姜灿辉　诗坛里的快手	143
花嫂	145
左公故里　最美鹅形山	149
此间曾著星星火	
——湘阴"湖南省委旧址"巡礼	153
让时间佐证	159
"车盲"学车记	165

那浅浅的一弯汨罗江水 …………………………… 169

"济南"老师的真容 ……………………………… 172

坪上书院，一部厚重的文化巨著 ………………… 174

真情流淌在社区舞台

　　——记湘阴县政协委员、东湖社区党总支书记姚罗

　　……………………………………………… 177

第五辑　见证，时光巷陌

我是"阅卷人"　见证岳阳城乡巨变 …………… 184

驻村扶贫干部

　　——一支永不离开的工作队 ………………… 187

平江垛子屋

　　——记"CCTV舌尖上的中国"拍摄基地 …… 195

广兴洲，一部厚重的湖湘文化史 ………………… 198

我看岳阳小镇新变化 ……………………………… 202

平江脱贫攻坚走访记 ……………………………… 206

神韵琅塘 …………………………………………… 211

绿色发展乡镇行 …………………………………… 215

看，湘阴县新型高素质农民 ……………………… 220

湘汨一家亲泳友联谊赛 …………………………… 223

后记 ………………………………………………… 225

第一辑
DI YI JI

流年，倾心而诉

那个寒冷的冬天

日子静静地过，正如这窗外的雨静静地下。风，此刻正摇晃着窗棂，将心灵深处一些愈合的伤口悄悄掀起、撕裂。此刻，窗前的我仿佛端坐岁月的渡口，听风，听雨，听划过苍茫天空的那声凝重叹息。我记忆仓库里许多的苦涩和无奈，已渐行渐远。唯有那个冬天的寒冷却历历在目，宛如昨日……

那年冬天，我在乡中学上初一。因为我家兄弟姐妹多，家庭经济十分困难，而且家离学校实在太远，没办法，只得让我读寄宿。在北风呼啸的冬天，能够坐在教室里读书，听老师传道授业解惑，我仍感到非常愉快和幸福。同样是冬天，我认为那时的冬天比现在要冷得多，可以用"饥寒交迫"来形容那时的生活。我虽然年纪小不怕冻，但北风一吹，还是感觉面如刀割，手僵脚硬。我衣襟单薄，只能使劲儿搓手跺脚来御寒。在我的记忆中，那时候农村虽然有电灯照明，但一个村子只有几户人家有电视机，用电也非常节省。

那时在学校读寄宿，都是自己用钵子淘好米、加好水送到食堂的蒸锅里。吃饭时，用自己的饭缸子打好饭端回寝室吃。菜是周末回家后"秘制"的，以豆豉炒辣椒为主，用罐头瓶子装着——只有这样的菜，才可以保存一周不坏。每次都是周末下午放学回家，周日晚上赶到学校参加晚自习。菜必须带上两瓶，因为要从周日晚餐一直吃到周五午餐。每餐在瓶子里小心翼翼地挑两勺子放到饭缸子里，然后和饭一起慢慢嚼，吃得津津有味。那时能带上一瓶油渣子（肥肉煎油后的渣子）炒辣椒，就是一件十分了不得的事情，就能在同学面前炫耀，说自己尝到了"人间美味"。因为那时一般只有家里来客人或者过年，才能够在饭桌子上见到猪肉。

那是一个周五的早晨。北风呼呼，我冷得抖抖瑟瑟，两只手冻得像猪血包子。下早自习后，我急急忙忙去食堂，在蒸锅里找到自己滚烫滚烫的饭缸子，端来暖手。端饭缸子、端开水杯就是那个年代在学校暖手的好方法。刚一抬头，我看到一位同学的哥哥，他对我说："爱呀，你嫂子生了。"我听他这么一说，顿时忘记了肚子饿得咕咕叫，忘记了天气寒冷，转身就跑到班主任老师的办公室，大着嗓门说："老师，我要请假回家！"全然没有平时的礼貌和胆怯。我说完头也不回直奔寝室，拿着吃得干干净净的两个装菜用的空罐头瓶子，从学校后面的山岭上，一口气跑到全乡唯一的一条公路上。学校距我家4公里，此时此刻我恨不得长上翅膀立马飞回家里。我望着弯弯曲曲的山路，要想快点回家，唯一的办法就是跑步。我像一匹脱缰的野马，朝家的方向飞奔。一阵"突突突突"的声音由远而近，那是拖拉机的声音。我想我遇上了救星，真就有一台拖拉机开了过来。真佩服我当时的勇气，上学一直都是步行，平时胆小如鼠，借十个胆子也不敢拦拖拉机的我竟然挡在路中间挥手大喊："师傅，请带我一段路哦！"谢天谢地！那司机人真好，停下来让我上了车。车也正好顺路。我美滋滋地搭上了顺风车，那感觉不亚于现在开着劳斯莱斯的炫酷。北风呼呼，寒风凛冽，树上挂满了冰晶。我穿着单衣薄裤站在拖拉机上竟然没有感到冷，大概是享受着搭上了顺风车的畅快。尽管有些颠簸，可很快就到了叹坡岭（地名）。拖拉机继续向前开，我却不好意思喊司机停车，**加之**

回家心切，我就从行驶的车上直接跳了下来。"哐当"一声，我摔了个"狗啃泥"。等我爬起来，慢慢恢复了知觉，我的手先是感觉到凉，马上又开始热热的，动一下却钻心的痛。我看看地上的两个罐头瓶子，已经满地开花。更烦的是有一小块碎玻璃扎进了我的手里。我咬紧牙关，来不及心疼摔坏的罐头瓶，也忘记了摔坏罐头瓶回家要挨骂——在那个困难的年代，一瓶难求，人们只有在病后补身子和富裕人家一样才会花钱买罐头吃。我捂着流血的手一口气跑回了家，推开门，看见二嫂头上包着头巾坐在床上，母亲抱着一个花布包在床旁边坐着。这时，母亲将手中花布包递给我："你做姑姑啦，快看看你的小侄女。"我顺手接过来仔细一看，小侄女眼睛还没有睁开，红嘟嘟的脸蛋闪着光亮，像熟透了的苹果……

　　随着时间的流逝，小侄女从牙牙学语、上小学、上大学，毕业，参加工作，后来成为一位教师，如今已为人之母了。那个曾经在"风驰电掣"的拖拉机上腾空一跃的女生，现在也已经步入中年。如今，改革开放让人们的物质生活和精神生活发生了翻天覆地的变化。低矮的房屋变成了高楼大厦，弯弯曲曲的小路变成平坦笔直的大道。我看着时代的车轮滚滚向前、岁月之河汩汩流淌，山还是那座山，人还是那些人，坎儿却不是那道坎儿了。此刻，我身穿价格不菲的衣装，站在叹坡岭的冷风中，任漫天的雪花飘舞，任纷纷扰扰的思绪乱舞，不由得潸然泪下。曾经那些举步维艰的岁月，永远一去不复返了……

（该文发表于 2020 年 10 月 20 日《中国应急管理报》。）

湘阴　风景这里独好

"湘阴是一个穷得鸟不拉屎的地方，真的不能把女儿往那里嫁，你把自己的女儿往那里嫁，不等于把她往火坑里推？"父亲在保卫科工作的好朋友张叔叔，一听我的婚事，脸气成了猪肝色，拍桌打椅向我父亲大声怒吼。20世纪70年代初期，张叔叔在湘阴县连续工作过7年，是贫穷让张叔叔削尖脑袋，想着法子调回了岳阳。

我，为了所谓的"天不荒地不老"的爱情，偏偏非这湘阴男不嫁。因此，我家里上演了一出七大姑八大姨轮番上阵反对的"大战"。我不顾家人苦口婆心的"好心"劝阻，一句"我一辈子吃干菜子打汤也决不后悔"让所有的人无话可说，只好妥协了。

那年深秋，白云像一团团洁白的棉花，在天空中飘来飘去。一群大雁排着整齐的队伍，从我的头顶飞向南方。深秋的风一会儿温和，一会儿暴躁。我带着对爱情的美好憧憬，屁颠屁颠地跟在男友身后。我们从岳阳上车，一路颠簸至湘阴县县城先锋路汽车站。那时的县城，不过是条小街。老房子像裹着一身灰蒙蒙的袍子，默默地立在街边。房子与房子之间，是细细窄窄的巷道，如蜘蛛网一般，纵横交错。街上小摊小贩的叫声此起彼伏，"叭叭车"招手即停，满街尽是。街两边遍布用彩条布搭起的棚子，大都是卖油条、包子、馄饨之类的临时店铺。

男友说要在县城转车。我们到县城时，最后一班到围子里的车已经开走，只能坐车到临资口再转车，再坐……叽叽歪歪地说了一大通，好像绕口令。我想，真有这么麻烦吗？眼看已经下午4点多了，真是没有半点儿办法，是爱情的魅力让我追着男友在继续赶路。上车后才跑了不到1公里距离，又说要排队上轮渡。我长这么大，第一次见车还要坐船（轮渡）。眼前的湘江是一道天然屏障，拦住了我们的去路。看河对面的房子，星星点点，似乎都只有蚂蚁那么大。江面上一艘艘行驶的轮船，推起了巨大的波浪。我吓得浑身颤抖，手心出汗，脑子里像塞了一桶糨糊，心蹦到了嗓子眼儿。我闭着眼睛，好像过了半个世纪，才听到男友说要下轮渡了。我睁开眼睛，长长呵出了一口热气。

一下轮渡，车轮继续飞转，我的心却沉入了谷底。满眼尽是一排排矮矮的茅草屋，这些老房子已经刻出一条条深深的"皱纹"，低矮、乌黑的墙壁上长满了青苔。茅草屋风吹雨淋，再被太阳一晒，已变得面目全非。我不禁想起了杜甫的《茅屋为秋风所破歌》。一路上，飞沙细石不时地敲打着车窗玻璃。南飞的大雁在空中"嘎嘎"地叫着，似乎在笑我这个不知天高地厚的姑娘。灰尘也从玻璃缝隙向我发问：好好的岳阳你不待，跑到这里来谈什么爱？

大约又是1小时车程，车到了南阳渡。只见一个小划子优哉游哉地从江中心划过来，我跟跟跄跄地跟着男友滑下了堤坡。男友指着小划子对我说："这是资江，我们就坐小划子过江。"望着滔滔资江水，再看看眼前这摇摇晃晃的小划子，当时我"啊"的一声，三千发丝根根竖起，两腿抖颤，两眼昏眩，心又提到了嗓子眼儿，紧张得一句话也说不出来。无可奈何，我三下就被男友连拖带拽上了那条悠悠荡荡的小船。

爱情的魔力加上少不更事，我和大多数青年人一样，在第二年就完成了结婚生子的历史使命。邻居一听说我是岳阳来的新媳妇,都拉着我的手说:"我们围子里的姑娘都想嫁出去呢,你倒往围子里嫁,难道不怕倒围子?"我当时真不知道"倒围子"是怎么一回事,天真地说:"不怕呢。我还没有看见过,让我看看呀。"

一语成谶。1998年大洪水,让我深深体会到了"倒围子"的痛苦。大堤上,到处是村民们避难的帐篷。老弱病残整天蜷缩在帐篷里。青壮年白天去抢收稻子,用拖拉机、板车将稻谷运到大堤上堆放。天气又热,蚊子又多,那场景像用刀子镌刻在了我脑海里,永远挥之不去。肆虐的洪水夹杂着上游冲下来的漂浮物如猛兽般向堤边涌来,似乎要将大堤以及围子吞噬,令人恐惧。

政府的各级领导靠前指挥,干群一心,经过两个多月与洪水抗战,最终保住了我们的家园。洪水来临之际,我想逃回岳阳娘家,但因轮渡停航而作罢,困在围子里的人无处可去,我看到了他们与洪水的抗争,这让我真切地感受到了他们那种一往无前,与自然抗争到底的信心和决心。

随着社会的发展,湘阴县犹如一匹黑马杀出重重包围,将贫穷落后的帽子彻底甩掉了。茅草房现已消失,一栋栋高楼大厦和别墅如雨后春笋般拔地而起。湘江大桥和资江大桥横空而卧,宛如两条巨龙傲立湘江和资江之上。"围子里"的人晚饭后便可到县城散步,结束了"人过河靠渡船,车过河靠轮渡"的历史。国道、高速、省道在湘阴境内四通八达,芙蓉北大道与长沙连通。湘阴距长沙仅40公里,跨入了1小时经济圈,被纳入"长株潭"滨湖示范区。中国首位驻外使节郭嵩焘与左宗棠两大清朝名人的文化园东西遥遥相望,成为湘阴人民的历史丰碑。南有洋沙湖国际度假区,北有远大可建T30、碧桂园。2017中国湖南国际旅游节在湘阴县隆重举办,湘阴的旅游业正在飞速发展。岳州窑、湖南省委旧址、状元桥、左宗棠故居、湘阴文庙,闻名遐迩。樟树港辣椒、鹤龙湖螃蟹、三塘藠头,绽放异彩。还有"潇湘八景"之一的"远浦楼",鹅形山风景区、东湖生态公园、青山岛原生态旅游胜地——这些好玩好吃的地方以及当地菜肴,数不胜数……当年坚决反对我嫁到湘阴来的保卫科长张叔叔,在来湘阴旅游后惊叹巨变,对我竖起大拇指,说:"湘阴如此美丽,还是你有远见!"

今生,我为自己是一位名湘阴人而骄傲自豪,为自己年轻时所勇敢追求的爱情而无怨无悔。

(该文获湘阴县纪念改革开放40周年"说出心中的故事"征文奖,后发表于《梧桐树》杂志2018年第2期。)

报纸

每当看到收废品的三轮车载着满车的旧报纸，看到工地上做水泥瓦用旧报纸脱模，看到有人在旧报纸上练毛笔字，看到办公室报架上摆放整齐的报纸，看到机场、高铁站等公共场所随手可免费取阅的报纸，就会有一种钻心的疼痛袭上我心头。我会屏气凝神，眼噙泪水，咬着下唇，默不作声，我曾经为了所谓的面子，踩伤过父亲的手指。父亲啊，我，除了向您虔诚地忏悔，还能够做什么呢？

日子如草，在不知不觉中青了又黄，黄了又青；日子如花，在漫不经心之中花开花谢；日子如候鸟，一年一度南来北去、北去南归……但是，我的父亲走了，却永远再也不会归来！遥思家父泪霏霏，吾之哀恸谁人晓？

啊！如果我的父亲还在，能看看现在的世界该多好啊！

父亲毕业于长沙明德中学，后来当了一名教师。父亲对我们兄妹的教育特别严格，要我们堂堂正正做人，清清白白做事，一辈子要无愧于心。因职业习惯，他喜欢写作，还当上了省报的通讯员。我从小就知道父亲喜欢看书、看报。当时我家经济条件不好，根本无钱订阅书报，可父亲看书看报的热情并没有因为家贫而有丝毫的减少。父亲不会放过进入他视野中的一纸一书，看见地上有遗弃的旧报纸，都会捡回家当宝贝阅读。那时代的小商店为节省成本,卖副食品时都是用纸做包装袋。"纸封子"是那个年代的富裕生活的代名词。"纸封子"(有些地方也称为"纸包子")要包得漂亮、棱角分明是有讲究的。如果包糖果之类一两到半斤之间,就用一张长方形的纸,先用手卷成漏斗形,再把秤盘子里的食物倒进去,上面的纸一扎,一个"纸封子"就成了。如果是饼干之类就要用大一点的正方形的纸。买得多的话,把几个"纸封子"垂直叠放在一起再要用细细的麻绳子系好,拎着细绳子携带,不会损坏。不过,一次买几个"纸封子"的情况很少,除非是经济条件特别好,或者是逢年过节、走亲访友才会这样。我家难得有一次买几包的机会,只在过年时,父亲才会掏出口袋里那皱巴巴的几元钱买两包。当我们看到父亲拎着"纸封子"回来,兄妹五人都盯着"纸封子"眼放绿光。我们是对"纸封子"里面的食品垂涎欲滴,父亲则钟情于包装食品的报纸。父亲小心翼翼地把"纸封子"打开,生怕弄坏那残缺不全的小块报纸,然后把食物分给我们兄妹。我们吃着人间美味,父亲则乐呵呵地在一旁读那来之不易的报纸。父亲最开心的时刻就是阅读报社给他寄来还散发油墨芳香的样报。走亲访友时,当主人拿出烟酒招待,父亲常说:"我不抽烟喝酒,您家有旧书报没?"父亲一生与烟酒无缘,而与书报却有不解之缘。他可以一天不吃不喝,但是却不可以离开书报。父亲就是这样嗜文如命。

那年我在长沙求学,父亲趁着教师节、中秋节有几天假期,从老家百里迢迢,怀揣几块月饼来省城看我。吃完午饭,我和几个同学一同陪他去岳麓山。时值中秋,来岳麓山赏月的人很多。人们笑逐颜开,心情舒畅。我们准备下午游玩爱晚亭,晚上在岳麓山赏月。传说中秋夜岳麓山上的月亮更清明澄透,伸手可揽。下午2点,我们到了爱晚亭,几个外省的同学也是头一次来。秋日的爱晚亭周遭一片红色,巨大的枫树披着满身霞彩,将在岳麓山染成一道亮丽的风景线。正当我们几个同学欣赏诗人杜牧"停车坐爱枫林晚，霜叶红于二月花"的诗句时，我看见地上有一张报纸，随风吹起好像在向我们招手。我心里不禁一怔，父亲是那么爱看书报，若他去捡那张报纸的话，我在同学们面前将多没面子啊。于是我快速往前几步，用脚狠狠地踩住那张可能让我颜面扫地的报纸。但我的脚刚一踩下去，就听到了父亲"哎哟……"一声。原来我的高跟鞋，正好踩在了父亲那双握了几十年粉笔的手上。看着父亲痛苦的神情，旁边的同学马上明白了过来，连忙从地上捡起那张有点破旧的报纸，恭恭敬敬地递给我父亲。父亲用那只被踩破皮的手，接过那张发黄的报纸笑了笑。望着父亲那瘦削的手，我的心在流血，一滴一滴……

没过多久，父亲病了，被查出是早期肝腹水。放在今天，这病还是可以治愈的，可是那个年代的医生似乎束手无策，家里经济条件又不允许住院，哥哥只得用板车把父亲拉回家，接受最简单的治疗。父亲每天唠叨着"我不想死啊……"但是没过多久，不到60岁的父亲还是被病魔夺走了生命。父亲就这样走了，永远地离开我们，告别了他痴迷的书报……

现在，每家每户可通过各种渠道阅读到海量的报刊。随着网络的迅猛发展，中国的变化更是日新月异。连我的孩子在内的下一代9个孩子，他们个个代步工具都是小轿车，就莫名地怅惘……父亲离开我们这么多年了，岳麓山地上那张发黄的旧报纸，从未在我的记忆中消失。尤其是到了每年的中秋节，那流血的手指就会出现在我的脑海里，就像刚刚发生的事。我心底的愧疚永远解不开，也抹不掉。因此，每年中秋节的晚上，我都会给父亲焚上一堆书报，那是我对父亲最虔诚的忏悔……

（该文发表于1994年10月21日《岳阳晚报》。）

烛光里的妈妈

因为爱情，远嫁他乡，我与娘家相隔了舟车劳顿的 150 公里。从此，我与家人聚少离多。又是一年端午节，要回娘家了，我反复检查携带的物品，生怕没带上纸和笔。这两样东西，我肯定得随身带着。尽管电脑早已普及，替代了纸和笔，好多人都忘了用笔写字，可我不想也不能弃之不用。对我来说，回家后它们能派得上大用场。

我母亲生育了 7 个孩子。我有 5 个哥哥，我是老六，下面还有一个妹妹。哥哥们中学毕业就在外找事做，我高考首战失利，却抱着不到黄河心不死的决心，继续复读迎考。那时候，别人家都重男轻女，邻居们说我家重女轻男。儿多母苦，不用多说，我母亲终年劳碌，她那沟壑纵横的脸庞、眼角深深的鱼尾纹和一双长满厚厚老茧的手，就是她勤劳、辛苦的证明。日复一日、年复一年，我母亲老了。老了的母亲，耳朵有点背。我回家和她老人家说话，声音说小了，她听不清楚；说大了，不知情的还以为我态度不好。我母亲小时上过学，她听不见，我就把要说的话写在纸上，老人家一看就明白了。这是我和她老人家最好的沟通方式。每当我看到母亲瘦弱的身躯，正捧着杂志在细看，就觉得她似乎是要在书中寻找什么，又觉得她也不知道自己要寻找什么。我父亲走后，母亲就用书报代替了父亲的陪伴。每次，我都像个乖乖听话的小学生，写字时一笔一画地写，全然不像平时般潦草，主要是怕母亲看不清、弄不懂。

时间流逝，冲不淡那穿越千山万水的深情呼唤。我想象住在那遥远山村的老母亲，此刻又在眼巴巴地看着邻居家儿女们笑呵呵地一个个回家了，她倚门而立，伸长脖子望着门前的公路，看着路上川流不息的车子，热切地盼望着那辆既熟悉而又陌生的小汽车的出现……一声刺耳的喇叭声，将我从遥想中拉了回来，泪水慢慢地模糊了我的双眼。这是午间，瞌睡虫破例没来袭扰我，任我的思绪随着飞转的车轮在路面疾驰……

那年冬天，母亲生日。我早晨5点起床，推开窗户只见外面雾气很大，白茫茫的一片。雾气缭绕，笼罩着世界，让人分不清前后左右，辨不清东西南北。我拎着大包小包，气喘吁吁地登上了大巴车往娘家赶，约7点车到了临资口。那时候没有桥，汽车靠轮渡才能过江。水面上大雾弥漫，轮渡停航。大堤上的车辆，排成了一条长龙，前不见头，后不见尾。车挤成一堆，大家越等越烦躁不安，汽车喇叭声此起彼伏，訇然作响。可是，任你怎么样，你急他不急。雾大不能起航，这是规定。

那时候没有手机。其时，大巴离娘家不到4公里了，但我多次想原路返回，可一想到那个遥远的山村，母亲正倚门盼望，我就又归心似箭。母亲在巴望着，我也只能静坐在那狭窄的空间里一等再等，打消半途而废的想法。太阳终于从云层中露出笑脸，将浓雾驱散了。中午12点过轮渡，我等了整整5小时后轮渡才通航，这天傍晚6点我终于回到娘家，在路上耗了12小时，就为了回家与家人聚一聚。这期间，母亲把饭菜热了又热，看到我，仿像喜从天降，一把把我搂在怀里，絮絮叨叨地说："回来了就好，回来了就好……"

随着国民经济的快速发展，高速公路已四通八达，现在走高速回娘家，不超过一个半小时就到了。再也用不着汗流浃背、一窝蜂地去挤车抢座位。

小轿车已经成为大众化的代步工具。车窗外，景物一闪而过；车内开着空调，凉飕飕的。我跟着车载收音机，不知疲倦地哼唱着《烛光里的妈妈》……

多少次车在飞奔，我感觉与母亲越来越近。远处的小山，连绵起伏。金灿灿的阳光下，那座熟悉的房子越来越近。朦胧的意识中，院门已经早早打开，忙个不停的母亲，不知道苦等了多久。等车子停稳，就见母亲步履蹒跚、歪歪趔趄地小跑过来，围着我的车转，活脱脱像个小孩子，见到我们开心得手舞足蹈。母亲看着我拎着大包小包，喃喃自语："你们回家了，比什么礼物都称心。"多少次，我看到母亲眼中闪着晶莹的泪珠，她老人家知道，我们待一会儿又要走，相聚太短暂了。

母亲眼中流露出无法掩抑的爱意，温柔地说："桌上都是家里种的蔬菜，慢点儿吃，多吃点儿。"我们还在回味母亲做的饭菜的味道，却又要和她老人家说再见了。我多希望时间过得慢一些，再慢一些。人生总是处在不断地相逢又不断地离别中。正如有首歌唱的："分离是不得已，又不得不分离。"天下没有不散的筵席，人生亦是，有得，也有失；有欢笑，也有泪水；有相聚，还有分离。没有谁可以逃脱，亦如我。

我一想到日渐老去的母亲，想到她那不舍的眼神，满脸丘壑般的皱纹，想到她呆呆地倚门而立盼望着与儿女们在一起时，心里就一阵阵泛酸。老人家讲禁忌，我们开车走时，她强忍着不流泪，因为怕不吉利。她老人家天天为我们祈祷，希望我们平安幸福。但在上车的刹那，我的泪水夺眶而出。我用力紧紧地咬着嘴唇，不想发出半点声音。车，缓缓地启动了。我坐在右座，往左边窥望母亲，只见母亲像一个虔诚的信徒，真的不敢有泪水。车越开越远，母亲又回归了往日平静的生活。我咂嘴品味着"母女连心"这四个字的含义，母亲好像在我的心脏拴了根看不见的绳子，她的一呼一吸都在拉扯着我的心，我似乎能感受到母亲心里的哭声和欢笑。就在那一瞬，我仿佛谛听到思念崩溃的声音……

爱哭的我

爱哭的我，6岁时就有点儿"名气"了。到23岁，因为爱哭，我闻名闾巷。

过去，我会哭、好哭、想哭、能哭，动不动就哭，看小说哭、看电视哭、看电影也哭，甚至看见别人哭我也哭。我的眼泪就像一个堰塞湖，随时都有可能溃决，并泛滥成河。

上小学时，我找父亲要钱买学习用品和新衣服，声若蚊蝇连自己都没听清楚，父亲也不知道我说的是什么，我却已稀里哗啦地哭了起来，而且还哭个不停。待父亲明白我要什么，并把我要的东西买回来，我才停止哭泣。不然，父亲耳边就会好像有只蜜蜂一样，一直嗡嗡吵个不停。

高中时，有次上数学课，课前我已经预习了，难度不大，就伏在课桌上看小说。小说中女主人公同时爱上了两个男生，当她和其中一个男生举行婚礼时，另外那个视她为生命的男生留学回来了。我沉浸在小说的世界里，虽然想抑制住自己的情感，最终还是控制不住哭出声来。哭声惊动了正在认真上课的老师，他点我名说："蒋鑫爱，我刚才讲的是什么内容？"我颤颤巍巍地站起来，浑身像筛糠一样哆哆嗦嗦地答道："三角恋呀。"我话音一落，惹得全班同学哄堂大笑，老师铁青着脸，一言不发地把书本

"啪"的一下摔到讲台上。顿时,笑声戛然而止,再也没有谁敢出声了。教室里静得出奇,针落到地上的声音都听得见。原来老师讲授的是三角函数,我听到点名,激灵之中答成了"三角恋"。因此,我被责令面壁三天。

放暑假时,村上有个人死于车祸。喜欢哭又喜欢凑热闹的我,听到后就跑到了那户人家。死者的兄弟姐妹、儿女闻悉后相继回来奔丧,个个哭得肝肠寸断。他们家人个个神情悲伤,心情也十分沉痛,笼罩在一片悲痛之中,与来客简单招呼过后,并没有时间和精力来管来者是何方神圣。我不管三七二十一,跟着哭声也哭着、号着。他们家亲戚一来就哭,我也"哇"的一声大哭起来,哭得那么悲怆,那么伤心,没有丝毫做作。就这样不断地循环,我硬是跟着哭了三天三夜。他们家开饭的时候,我就回家扒几口,吃完又跑去继续陪着哭。后来死者的老婆竟然怀疑我是她先生的私生女——不然谁会哭得如此伤心,硬生生地哭上三天?

在长沙求学时,一次在露天广场看电影,看到剧中十恶不赦、蛇蝎心肠的女人准备害死继子时,我最终还是没有抑制住,一种撕心裂肺的哭声在上千人的电影场中迸发了。哭声将看电影的人吸引过来,团团地围住了我这个"活宝"。更有甚者,警察叔叔本能地拨开人群直冲到我面前,他们以为众目睽睽下有人图谋不轨。

婚后我以为我会有所收敛,谁知却更变本加厉了。周末在家看电视,伤感点儿的电视节目会让我的眼泪像山洪暴发一样。一个人独自跟着剧情的发展,悲戚伤感。有天正好有朋友敲门找我,叫了半天的门,我还沉醉在剧情里,于是泣不成声地去开门,把朋友吓了一大跳,以为我可怜,身居异乡遭受了家暴,她想为我打抱不平,准备告到妇联去。

哭,对于已经做了妈妈的我来说应该会有所收敛。女儿没有奶吃,我没有婆婆照顾,娘家又离得比较远,先生天天忙工作。一天,手忙脚乱的我一手抱着女儿一手泡着牛奶,一不小心牛奶杯摔落地上。女儿不知是有遗传因素影响，还是确实饿到了极点，就拼着命号哭。我能怎么办呢？只好抱着女儿直奔门外，想分散她的注意力，可女儿的哭声有增无减，无助的我开始呜咽，慢慢由啜泣变成持续不断的低声哭诉。好吧，哭吧哭吧，我也没有办法，除了陪着哭我还能够做什么。正在娘俩哭得稀里哗啦时，刚好有位路人经过，那个好心人说："你看这孩子哭得这么厉害，你抱起来去送给她妈妈啊！"我满脸泪痕哽咽道："我就是她的妈妈呀。"

在娘家，"哭脸巴"替代了我的乳名。我经常想，如果我每次哭，能够给天下的人增加一次笑容，那我就能义不容辞、无怨无悔。

（该文发表于《北极光》2018年第9期。）

离别的站台

上小学时,总听到同学们在一起叽叽喳喳地说"我坐过火车""我摸过火车""我说火车就是一条绿色的长龙"……关于火车,这是我们那个时代的人常说常新的话题。

20世纪80年代末,单位的炊事员、年近40的黄师傅在闲聊时告诉我,他长这么大还只听说过火车,从没有亲眼见过火车。有次黄师傅到长沙办事,特地跑到火车站,去看看火车到底长什么样子,想亲手摸摸火车。长沙火车站热闹繁华,南来北往的人们,就像是一群忙碌的蚂蚁,你挤我推,摩肩接踵。没怎么见过世面的黄师傅被这场面惊呆了,他无所适从,不知如何是好,他在拥挤的人群里分不清东南西北,晕头转向……车站工作人员发现了战战兢兢的黄师傅,以为他想逃票乘车,于是请黄师傅出示车票。可怜的黄师傅连火车是什么样子都不知道,他看到穿制服的人站在自己面前,手里还拿着根警棒,吓得两眼翻白,拼命地想解释,可是什么也说不出来。老实巴交的黄师傅最后被工作人员请到了办公室。他百般解释,说就是想进来看看火车长什么样子。工作人员根本不相信如此滑稽的"解释",百口莫辩的黄师傅只好接受工作人员对他的批评和教育,鸡啄米似的连连点头,保证下次再也不敢了……

连大人对火车都如此好奇，你说哪个小朋友能够抗拒火车的诱惑呢？当然，我也不能排除在外。

5岁时，父亲因为工作需要而拖家带口，离开家乡衡阳。终于可以坐火车了，我喜上眉梢，两只眼睛眯得像月牙儿。在火车站站台上，我紧张地看着火车车厢鱼贯而入，听到了轰隆隆的声音。哇，车头挂着一节节绿皮车厢，好长好长，真像一条绿色的长龙卧在轨道上。上车下车，站台上一派繁忙景象。送别亲友的人们在站台上频频挥手，这场面让我沉醉，让我觉得快乐和幸福。但我惊讶地发现，母亲在一旁正扯着衣角偷偷擦着眼泪。于是我对母亲说："妈妈，怎么啦？有火车坐还不高兴？"说着，母亲便把我抱上了火车。

在火车启动的那一瞬间，我的心像蜜一样甜，非常兴奋地跳起来。在我的欢呼声中，汽笛长鸣，火车出站了，我在火车"咣当咣当"的节奏声中开启了人生新的旅程。火车头"呼哧呼哧"喘着粗气，像一头乐此不疲的老牛，一边吼着一边吐着黑烟圈，拖着十几节车厢朝前奔驰。铁路两旁的树木也挥手告别，然后迅速朝车后掠过。远处的山头上，缭绕着淡淡的白雾。火车在不断地向前奔驰……

火车上，我玩累了又睡，醒了又玩，美滋滋地享受着乘坐火车的快乐。广播里传来列车员甜美的声音："各位旅客，列车即将到达岳阳站，请在岳阳站下车的旅客做好准备，带好自己的行李下车。欢迎您下次乘坐！再见！"

一声"再见"，仿佛只隔着一首诗的距离。时间像火车一样，稍纵即逝。5年后，妹妹7岁了。一天，父亲和二哥带着我和妹妹，拎着大包小包又向火车站走去。我脚底生风，连蹦带跳，还时不时抢着帮父亲背包。鸟儿在鸣叫，好像在为我歌唱；太阳露出久违的笑脸，好像在为我祝贺。我欢天喜地，心里美美地想着又有火车坐啦。人还在路上，心，早已飞上了火车。不一会，我们到了火车站，在拥挤的人流中，父亲牵着妹妹上火车，对二哥示意着，那是什么意思？难道要丢下我吗？我使劲往火车上挤，由于人小力不大，我挤得差不多要哭了……就在我的脚刚要踏进火车车门时，在我身后的二哥，一把将我拽了回来。我突然明白了，父亲压根没有打算带我上火车。眼看着火车发出愤怒的吼声，生气地吐着黑烟，渐渐地加速，"哐当哐当"一溜烟儿地开走了……当最后那节车厢也无影无踪的时候，我哭得肝肠寸断。我抱膝坐在冷清的站台上，泪水就像拧开的水龙头哗哗哗地流着……二哥拉我、拖我、劝我，要我回家。我真恨不得赖在站台不回家了。二哥好说歹说，哄着我，答应帮我买双白色的网球鞋。看看无人的站台，我也渐渐冷静了。10岁的我，别无选择，点头接受了球鞋的承诺。

　　时光，就像一阵风，吹过了一个又一个春夏秋冬。沿着岁月的边缘行走，尘埃落定。聆听季节深处的絮语，倾听流年虔诚的脚步声，不经意间忧伤了自己。此后，我不敢踏上那让我痛彻心扉的站台，以至于高中时坐火车去同学家玩我都战战兢兢，因为心里已经烙下了阴影。后来我才知道，父亲那次没带我坐火车，是因为我比同龄人高出一个头，上火车要购全票。在那个艰苦的年代，从岳阳至衡阳的来回车票相当于我们一家几个月的生活费。

　　时间就像火车，在我们身边奔跑。随着年龄的增长，我开始在长沙上学，再到成家立业，火车站台一直出现在我生活的各个阶段。结婚时，父亲牵着穿新娘礼服的我，带领送亲团队浩浩荡荡地上了绿皮火车。

　　日子像从指缝流过的细沙，在不经意间悄然滑落。车来车往的站台，演绎着人生一场又一场的悲欢离合，只留下一个渐行渐远的身影。车站里，每个人都盯着火车出发的时间。站台上，人们祈祷火车晚些进站，能够与亲戚朋友多待一会儿；候车室的人却盼着火车早点儿进站……时间真的很无奈,有人希望它快,有人却希望它慢。火车载得了人,载得了物,也载得了梦想,唯一载不动的是人们的离愁别绪。

人生本来就是有聚有散,多少人在站台上目送着亲人朋友远行。一声汽笛长鸣,让多少人生出无限的愁情别绪。"我只能送你到车站,却无法和你一起前行。在你上车的那一刻,我不敢看着火车前进的方向。我怕看到车窗玻璃里那双恋恋不舍的眼睛。我的心随着火车开动而颤抖,是满满的不舍,满满的惆怅,满满的伤感……"我终于明白,在这个站台送来送去的都是送自己,送走了欢乐,留下的是忧伤。我不想一个人往回走,只想让站台上的孤独将我的灵魂吞噬……

(该文获红网论坛《我与火车的故事》征文三等奖,发表于2020年第6期《岳阳文学》。)

坐解放牌货车的新娘

一、初到湘阴

冬季，可能是最不受欢迎的季节。在很多人眼里，它缺乏诗意，只有寒冷，只有落寞。但冬天也有成人之美的时候。那年，就是在冬天，我不顾全家人的反对，为了天荒地老的爱情和先生缘定终身。我们的结婚日定在了次年正月初十（公公的生日）。两家相距约150公里，正应着"距离产生美"那句话。我娘家把喜酒日子定在正月初八，初九才有时间打理大包、小包。

正月初十，正是初春。冬眠后的大地睁开惺忪的睡眼，打量世界上悄悄发生变化的万事万物。大地慢慢回暖，人们从仪表到心灵都有焕然一新的感觉。结婚，是人生中的大事。家人一大早就在为我忙碌，嫁妆按件分配到人专程护送。8点半的火车，我们要在8点前赶到车站，好留点儿时间办理托运。16位送亲的至亲挚友，顺利上车，随着火车的一声长鸣，我新的人生旅程就在车轮有节奏的"咣当"声中拉开了帷幕。上午10点半，火车准时到达白水火车站。

先生家的接亲团和解放牌货车早已候在站台。待我们下车后,托运的嫁妆还要办一系列的领取手续,忙到11点半,汽车才往湘阴方向开。送亲队伍中,有我的父亲、三位嫂嫂。我请父亲坐驾驶室,免受风吹。父亲说今天新娘为大,执意不肯坐到驾驶室。我只好傻傻地坐进了驾驶室。初春天气寒冷,路旁的小花小草都紧缩着身子。寒风像一把刀,吹着站在露天车厢里的老父亲和为我送嫁的亲人。

在近40分钟的颠簸中,车开到了湘阴县县城。要是没听人介绍说这是县城,还以为就一个小镇。再过一会儿车到了湘江轮渡,汽车排起长队,喇叭声此起彼伏。我们到达时,轮渡正从江对面缓缓开过来。听着船上工作人员的指令,一台台车从船上开下来,工作人员又指挥着要过渡的车一台台上船,按指定位置靠紧摆好,以便一次多载几台车。不一会儿,车子就摆满了甲板,我们的车上不去,只能等下一趟。大家紧盯着那轮渡,看它好像是个老太爷,向前移三步又后退两步,然后才慢慢吞吞地向对岸驶去。后车厢里传来闺蜜的声音,她本来就晕车,又从白水风吹到湘阴,一路呕吐不已。眼前的湘江望不到头尾,江面上行驶的轮船,船尾搅起了巨大的波浪,从小怕水的闺蜜大叫:"哪里不好嫁,嫁这么个地方,这辈子哪怕你生十个孩子,我也不来湘阴这地方了。"听着这咋呼,我有点儿心痛。人生,本是一场自我的修行,为了爱情,让我的亲人为我受苦,一种惭愧、内疚、心痛的复杂之情涌上心头。

先生家里的酒宴在等着我们,人一到就开席。那时没有手机,无法得知我们现在到了哪个位置。面对湘江,我只能虔诚地祈求轮渡快点过河。可轮渡不会那么乖,真的听我的话而快点儿开来。直等到下午1点多,我们才上了轮渡。轮渡工作人员见到我们贴着大"囍"字的货车,便要吃喜烟、喜糖,先生只好在旁边的小贩手上买条烟敬上,我们总算是顺利过了湘江。解放牌大货车将近2点才抵达临资口渡口。第二个渡口就像演电视剧，完全照搬了湘江渡的程序。唯一不同的是江面更宽、时间也更久，饥肠辘辘的送亲团已经饿得头晕眼花了。当我们车到达先生家时，已是下午3点半，除了一些至亲外，其他客人都已走了……

二、初识湘阴

就这样，坐着解放牌大货车来的新娘在湘阴开始了新的人生修行。时间在爱情的欢笑中飞逝。婚后三个月的一个周末，一位邻居老太太来到我家。我以为老人家是来看我这个岳阳"活宝"的，却发现老太太盯着书桌上两个大花瓶眼睛放光。我说："老人家，您喜欢这花瓶的话，我送给您呀。"老太太说："我不要你送，但你可以借给我几天吗？"啊！惊叹号一尺长都难以表达我当时的心情——还有借花瓶的！后来才知道，老太太儿子相了门亲，女方家这几天要来"看人家"。老太太家我去过一次，我还把她家厨房当成茅房，闹出了笑话。她家真是家徒四壁。两大瓶娇艳欲滴的鲜花确实能给老太太家增添不少生机和亮色。我连忙说："可以啊，看看我这里还有什么用得上，您尽管说。"老太太说其他的不敢要，怕女方家看到会怀疑。老太太身上穿着灰不灰、黄不黄的破旧褂子，枯瘦的手小心翼翼地将两个花瓶抱在怀里，兴高采烈地回家了。一周之后，老太太抱着两个完好无损的花瓶还给我，并乐呵呵地告诉我，亲事成啦，这两瓶花功不可没呢！我发自肺腑地感叹：湘阴真穷，比我想象中的湘阴更穷。

回娘家的时候，别人说我嫁到五湖四海去了。他们根本没有听说过"湘阴"这个名字，湘阴也归岳阳市管辖，但他们都不知道。奇怪的是，说"汨罗"大家都知道，所以很多人说我嫁到了汨罗。汨罗就汨罗吧，谁叫湘阴不出名呢。同学聚会的时候，一听说我嫁到湘阴，大家都无可奈何地连连摇头。同学、朋友说我干脆调回岳阳得了，早点儿离开那个鸟不拉屎的地方，我对他们说，估计我这辈子只能待在湘阴了……

随着国民经济的发展，人们的生活水平在不断提高。从 2000 年开始，很多同事、朋友都在湘阴县城买了房子。当他们要我到县城买房子时，我回答说，我是不会在湘阴买房的，要买房岳阳才是首选，湘阴真的让我爱恨交织啊。

三、幸福湘阴

改革开放的春风吹遍了祖国大地，湘阴县委、县政府领导全县人民共同奋斗，资江大桥和湘江大桥像两条巨龙腾空而起，使湘阴发生了巨变，发展更是日新月异，势不可当。湘阴距长沙仅 40 余公里，进入了一小时经济圈。我马上告诉原先要我去岳阳买房的朋友，说我要放弃岳阳而选择湘阴。以前朋友问及婆家在哪儿，我就说岳阳。现在好啦，我可以得意扬扬地说："湘阴——省会的后花园，欢迎来我家做客，走芙蓉北路直达。"朋友们说："现在谁不知道湘阴啊，中国不可一日无湖南，湖南不可一日无左宗棠。换言之，就是中国不可能没有湘阴县。餐桌上，我们离不开湘阴的长康和义丰祥了，还有大螃蟹和樟树港辣椒……"哇，大家都对湘阴这么了解啊，我的心里像灌了一瓶蜜，真为自己是一位湘阴人而自豪。

2019 年元宵节的洋沙湖灯会上，我又偶遇到了送亲时说这辈子永远不来湘阴的闺蜜，见面时我们除了哈哈大笑外还是大笑，这笑声里，既是嘲笑自己曾经口出诳言永世不来湘阴，又是对湘阴巨变的赞扬和祝福，更是闺蜜对我在湘阴的幸福生活感到由衷的高兴。真正是"谈笑间，樯橹灰飞烟灭"，这次，她们单位上从长沙开几台车来湘阴看灯展，她说，她确实没有想到湘阴变化会有这么大。

近两年我经常接到电话，同学们说单位组织要到湘阴旅游，没有时间到我家玩。益阳朋友来我家玩，带到东湖公园拍照片，她们发朋友圈，别人都留言问是不是又跑深圳、珠海去玩了。现在同学聚会，我会很骄傲地先告诉大家，我嫁的是湘阴县。娘家那些跳广场舞的大妈都说：你们湘阴真的好好玩哦，有洋沙湖、鹅形山、青山岛，我们都去玩过了呢。上周末回娘家，9点钟从湘阴出发，不到10点半就到了娘家。湘阴通了高速，一个多小时就可以到家了。湘阴县再也不是以前那个贫穷的小县城啦！

　　人生就像一场旅行，不必在乎目的地，重要的是沿途的风景以及看风景时的心情。曾经那个坐着解放牌大货车出嫁的新娘，现已步入中年，当我开着自家的小轿车，沿着曾经花钱租的解放牌大货车驶过的线路前行，白水火车站以及两处的轮渡早已消弭在历史的长河中。我凝视着湘阴这座城市，感慨万千。鳞次栉比的高楼大厦如雨后春笋般地拔地而起，轿车一辆辆呼啸而过，干净而宽敞的沥青路旁，有精致而齐全的公共设施，马路两旁茂盛的树木，五颜六色的花朵让这座城市变得十分美丽。这里出行方便快捷，公交车、电单车、出租车，在县城内随处可见。大小超市，商品琳琅满目。大家购物现在还要讲"品牌""档次""品位"，一车车、一篮篮，付款时用微信扫码、刷银行卡、支付宝，好像不要钱一样往家买。警察站在各个路口指挥，交通秩序井然……

　　蓝天、白云、飞鸟，一幅热闹繁华的城市景象，让市民充满对新生活的美好追求和向往。以左宗棠和郭嵩焘命名的两大文化广场上，早晨，人们有的在跳舞，有的在练剑，有的在散步，有的在跑步……傍晚，广场上灯火通明，响起阵阵优美的音乐，老老少少聚集在广场上唱歌跳舞、有说有笑，一片其乐融融的景象。夜晚的灯光五彩缤纷，霓虹灯发出红光、绿光、紫光，将一栋栋高楼大厦照得晶莹透亮，一条条街道变成了星光闪耀的银河，有无限诗情，无限画意，让人深深陶醉。

　　有种幸福叫——我在湘阴。2019年是新中国70华诞，湘阴在变，湖南在变,祖国在变,一切都在越变越好。亲爱的朋友们,百闻不如一见,欢迎大家来湘阴旅游观光,湘阴会让你感到美不胜收!祝愿我们伟大的祖国越来越强大,祝愿湘阴经济突飞猛进,祝愿人民生活水平蒸蒸日上。

(该文获红网论坛"我与祖国70周年"征文二等奖,湘阴县委宣传部"我与祖国70周年"征文三等奖,发表于2019年10月《人文湘阴》杂志。)

生死劫

一

2017年元月10日，一个冬日的早晨，很冷、很静，没有风、没有霜、没有雪、没有雨，一切都显得风平浪静。太阳公公似乎也怕冷，正躲在软绵绵的被窝里不想起床。

不到7点半，先生匆匆吃完早餐，照旧开车去上班。我哼着流行歌曲，在阳台上慢悠悠地晾晒衣服。正当我陶醉在音乐的世界里，放在客厅里的手机突然响了，是一个陌生的电话，一听"你家的车被撞了……"我猛然一惊，一股血直冲头顶，脑袋嗡嗡作响，"啪"的一声，手机重重地掉到了地上，人也一下子瘫坐在地。但理智告诉我，必须起来，必须冷静！我用力站起来，并拾起手机，赶紧给女儿打电话，才得知她已经到了事故现场。原来，先生开车上班途中，被迎面而来的车抢道，不幸发生了交通事故。我在电话中向住在邻近小区的姐姐哭诉，姐姐再三劝慰我不要急，在家等着，他们马上就过来接我。我们一起急急忙忙赶到湘阴县人民医院，见到了从"120"急救车上被抬下来的满身是血的先生。我全身哆嗦，心里在祈祷。我想，魔鬼如果要抓就抓我吧，不要去碰我的先生，不要不要……闻听急救室的医生说"病人脾脏破裂,必须马上手术,转长沙时间恐怕来不及了",我两眼一黑……

按照医生的指示,我们把先生推上了8楼。手术医生捏着那张B超单,左看右看。在我看来,医生耽误一分钟,先生就会离死亡近一步。我叫着、跳着,声嘶力竭地哀求着医生快点给先生做手术。我虽然对手术很恐惧,知道那是过鬼门关一样的,但此时此刻除了如此我还能怎么样呢?从医生的犹豫中,我们知道:先生的胸椎骨折数根,在县医院做手术的话难度很大。瞬间,我直瞪瞪地看着大夫的脸,露出满腹狐疑的神情,忍不住撕心裂肺地大叫:"难道你们就这样看着他死吗?!"我的心脏"扑通扑通"跳个不停,血液如出柙的猛虎一样到处乱窜乱撞。谁知医生把手一挥说:"送长沙吧。"我没有时间,也没有心情去质问医生说过的"到不了长沙"的话。世界上竟然真有让人没有选择也无法选择的时候!时间就是生命,我们要和时间赛跑、与死神赛跑。医院派三位医护人员随同救护车将先生紧急送往长沙。

灰白的天空渐渐沉下来,雨好像谁惹怒了它。此刻的雨,没有一丁点儿诗意,只有寒冷和寒冷过后的冷漠。整座城市笼罩在阴湿的雨里。平时,我见到的120急救车都是呼啸而过。而今天,我坐在车上却感觉是出奇的慢。也许,这是位经验丰富的司机,生怕一个急刹车就导致病人的生命戛然而止。世界上有些事情,亲眼见到也不一定准确,眼睛有时候也会骗人,必须亲身感受领悟。我盯着输液瓶里的药水,一滴滴流进昏迷不醒的先生身体里。我乞求药水一定要乖,不能偷懒停下来。仿佛药水在滴动,先生的生命就能得到保证……

救护车的声音划破雨夜的寂静,平稳而又快速地向长沙方向急驰。在我不停的祈祷中,终于到了中南大学湘雅医院急诊室。刚好13床病友出院,先生就被安排在这刚刚腾出来的唯一的床位上。急诊抢救室应该是一所医院最惊心动魄的地方,生死就在一瞬间。急诊医生冲进急救室的场面让我深深震撼，也给我这濒临崩溃的心带来些许安慰。大病室里住着几十号病人，每个床位之间就靠一个布帘隔开，成为一个个独立的空间。"2床呼叫！""医生医生，快来看看我爸怎么了？"9床家属焦急地跑过来。"17床又停搏啦！""13床心跳急剧下降！""13床血压猛升！"……一场场的抢救大战不断上演，医护人员一次次将病者从鬼门关抢救回来。以前在电视上经常看到抢救的镜头，以为不过尔尔，而一旦身临其境，更让人触目惊心。监护仪刺耳的声音充满整个抢救室，病者家属忧心如焚的喊声此起彼伏。可医护人员没有因此显出不耐烦的样子。特别是年轻的医生、护士，更像蜜蜂一样忙个不停，很少看到他们有坐下来的空闲时间。16床一位老人家，因为陪护刚出去买晚餐，他突然便急，半躺着就开始脱掉裤子，年轻的女护士迅速冲过去拿上垃圾桶让老人家方便……

二

先生的管床医生是位年轻漂亮的女医生。先生当时的情况很危急，吸氧量用小了心率就下降，加大了吸氧量血压又猛升。监护仪刺耳的警报声随时可以拉响。我就像个疯子，隔不了两分钟就追着女医生喊。其实，她不只管先生一个病人，还有好几个病人归她监管。那个下午，她基本上都在我急切的叫喊声中来回穿梭。但她没有半分的不耐烦，而且看上去不像是医生，而像是我的亲人，还在时不时地安慰我。我的感激、感动之情溢于言表。以前在网络论坛上，有很多关于对大医院医务人员的评价，人们总有一种执拗的偏见。但这次亲眼见到湘雅抢救室的医护人员，让我彻底改变了对大医院医务人员的偏见。

对于急诊抢救室的医护人员来说，没有白天和黑夜的概念。一拨又一拨的医生来到床前，查看先生的伤情，商量着治疗的方案。先生不能够吃东西，连水都不能喝，嘴唇干裂，我只能用棉签蘸点凉开水涂着，让他润湿一下。看着先生痛苦不堪的样子，我的心像刀绞一样，眼泪不住地往下流。我真的希望躺在病床上的是我而不是他。

"妈妈你去房间休息一下吧，我们两人一组轮着照顾好些。"女儿的一句话，才让我记起来看时间，已经是11日的凌晨了！我要他们去休息，我在这里陪护。抢救室里面只许一个人陪护，再多的人也只能呆呆地站在外面。外面很冷，像要将人冻成冰块儿一样，真的冷得连骨头都痛。我只好和侄儿去房间休息一下，再回来换女儿去休息。医院附近的招待所都是在七弯八拐的巷子里，很难找，走在外面，加上凛冽的北风肆虐，给人以削面般的刺痛。然而，此时我可以承受上天降给我的一切苦难，只求留下先生的生命。

我高一脚低一脚跟着侄儿趔趔趄趄地走着。与其说是到房间去休息，倒不如说是去房间里承受痛苦煎熬的。坐在床上，我傻傻地望着天花板，身边的手机看上去好像就是颗定时炸弹。我怕手机响，真的怕，从来没有那样怕过，感觉那手机就像个魔鬼，一响就会要了我的小命一样。越想越怕，越怕越想，不行，我要守在先生的身边。我爬起来。11日的凌晨3点50分，我走出了招待所。天空把我的泪水放肆撒向人间，冷风不断地向我扑来，我打起了寒噤。我缩着身子，双手抱着头迎着风雨走出了巷口。天黑乎乎的，我不知道在哪个位置，更不知道医院在哪个方向。这时，我看见了一个24小时营业的便利店，它给了我一丝希望。我进去买了把伞，并请问老板去湘雅医院急诊室怎么走。他手一指说："前面直走转弯，再右转弯即到。"我顺着店家手指的方向加速往前走，天空下着冰冷的雨，雨水打在我的伞上，我使劲地撑着伞。路边树枝在风雨中不断地摇晃，仿佛是一群出洞的妖魔鬼怪，吓得我赶紧疯狂地跑起来。路上一个人影也没有，只有凛冽的北风呼呼地刮着、怒吼着，如咆哮发怒的狮子。那个店家老板说转弯就到了，我七转八转却仿佛进入了迷宫，我迷路了！我慌不择路到处乱窜，猛然间见到一位环卫师傅在寒风中清扫着地上的落叶和垃圾。最后，我在师傅耐心的指点下终于找到了抢救室……

三

先生躺在那里还是一动不动，他持续不断地发低烧。那个监护仪刺耳的警报声好像在我心头系了一根绳子，一响就拉扯着我的心，医生教我用毛巾轻轻擦拭着先生的脚心和胸口，可以稍微缓解一下发烧。我机械地重复着。时间过得慢极了，我不停地看表，盯着那慢慢移动的秒针。我听别人说一般情况下，车祸病人要过了 24 小时，保命的希望才会增加一倍。医生一直在提示先生还没有脱离危险期，随时都有可能发生意外。我虔诚地祈祷着先生一定要挺过来！因为他的生命不只属于他自己，而是属于所有爱他和他爱的人！

时间也很奇怪。你希望它慢的时候，它若白驹过隙，倏忽而过；希望它快的时候，它却像老牛拉破车，慢慢吞吞。好不容易到了 12 日，先生已经度过了难挨的 48 小时，我们悬着的心暂时轻松了一点儿。前段时间，先生朋友的岳父因车祸住院，挺到第 15 天还是走了。上午 8 点，医生来查房了。一位教授带着 6 名医生来到先生的病床前，仔细查看了他的伤口，翻看手中厚厚的入院病历，然后避开我们，在一旁谈论着。是不是先生的病情发生了什么变化？我的心又开始"咚咚咚"地狂跳起来。过了一阵，教授走过来说："病人必须尽快进 ICU。"说完他们就离开了病房。ICU 即重症监护病房。听到要进 ICU 病房，如同当头一棒，打得我头晕目眩，让人不寒而栗。又过了一会儿，一位年轻的医生拿着厚厚的病历来了，而且提出要所有直系亲属在场，像有什么重大通知。黑压压的天空从四面八方向我挤来，空气都快凝固了，我觉得他拿的就是先生的生死判决书。年轻医生开始发话了："我是湘雅医院中心重症监护室的管床医生，请你们马上去办理入住手续……"接着介绍了重症监护室有一流的设备、顶级的名教授等，我好像在黑暗天空中见到了一线曙光。她还不忘提醒说："住院费用每天在 7000 元以上，上不封顶……"先生因肝、脾、肺内出血，以及脊椎、胸椎骨折，随时都可能危及生命。抢救室在 1 楼，重症监护室在 3 楼，转 ICU 病房时要拔掉插在身上的所有管子，我们为此担心。年轻医生猜透了我们的心思，他说："从 1 楼到 3 楼的途中，医院是不保证病人生命安全的……"从 1 楼到 3 楼，还是用医院专用电梯上楼，竟然也不能够保证生命能否延续，先生的生命脆弱到了如此程度？

我们备好重症监护室所需要的东西：尿不湿、湿纸巾、脸盆、脚盆、洗漱用品等。我在前来探望的亲戚朋友陪同下，胆战心惊地将先生送到了 ICU 病房。先生的床号是 1 号。家属只能送到门口，而且还是第一道门口，再不许往前半步。保安像个门神，守在那里。我们只能每天下午 5 点在探访室视频里看一下先生，听医生讲解病人的病情。因先生当天进住，所以第一天下午还不能够探访。在急诊室，不管怎么样我还可以陪在先生身边，给他擦擦身子，他的每个眼神和痛苦的神态都在我视线所及的范围里。可是现在，我无奈地与先生隔着一道墙。这道墙成了我与先生的世界里最遥远的距离。我像一个傻子，瘫坐在 ICU 门口。我想守在这里，最起码让心与心靠得近一点。可是我坐久了，保安态度坚决地下了逐客令。没有办法，女儿只好搀扶着我离开了 ICU 门口。走出医院，我发疯似的围着医院转圈。人间最痛苦的事情，莫过于眼睁睁看着自己的心碎了，还得自己动手一点点用血泪把它粘起来……

四

有人说，当你想哭的时候，只要抬起头仰望天空，眼泪就不会落下来。可是，为什么我再怎么抬头仰望，泪水还是源源不断地涌了出来？这天，我们就在医院附近的小店里吃晚餐，女儿点了一碗海带汤。10日早晨的早餐，我炖的就是一锅海带汤，先生只吃了一碗就赶着去上班了，现在已经是12日晚上了，他已经近60个小时粒米未进、滴水未沾啊。此时此刻，别人真是无法想象我的悲痛程度。我不由自主地走向医院，又来到了ICU门外。尽职尽责的保安，还是不许我越过那条警戒线。无奈的我，没有办法平抑自己的情绪，只好在病房外徘徊不定。我想，先生性格内向，什么事都情愿忍着，不愿意麻烦别人的，重症监护室那么多病人，先生不呼喊，护士又怎么知道他有什么需求呢？ICU里没有供应餐，如果病人能够进食了，护士会直接打电话给家属要求去送餐吗？于是我祷告手机快点响起来，能够为先生送送餐，这也就代表先生在好转了。

13日在我热切的盼望中来了。上午ICU打来一个电话："可以送点汤水给病人。"我如同在茫茫大海中捞到了一根救命草，抑制不住内心的喜悦，买了一份专为病人炖制的鸽子汤，直奔重症监护室。我想这下好了，可以亲眼看看先生，可以亲手喂给他吃了。谁知保安说，只能将床号写好放在门口的柜子上，由专人拿进去喂给病人吃，下午再来门口拿餐具即可。我一直站在那里，目不转睛地盯着那份鸽子汤，久久不愿离开……

时间在长久的等待中挨到了下午5点。ICU门口已经放着我上午送来的餐具。看着空空的餐具，我心里甚是欢喜，先生终于可以吃点东西了。ICU外面全是热切等待的人群，护士一个一个地叫号，家属们轮着进病房探视。一直等到探访快结束了，我都没有听见喊"1号"。我们急得像热锅上的蚂蚁，连忙跑去问保安，经过多次询问，才得知1号床的摄像头出了故障，不能安排探视。我找到医生，不依不饶地说今天我必须要看看我家先生。医生们商量了一下，决定让我换上白大褂进去。病床上，先生安静地躺着，他身上插满各种管子，有输氧的，有心肺监测仪的，有抢救用的输液管，他有气无力地睁着一双呆滞的眼睛望着我，身子已经瘦巴巴的了。我问，送的鸽子汤吃了吗？他摇了摇头，看上去甚是虚弱。看到先生这个样子，我的泪水又不住地往下流，感觉心里在滴血……护士告诉我，病人如果能够吃得下一只鸽子，怎么还会在ICU呢？现在只能用管子吸汤、水，而且不能太油腻。我连忙打水帮先生擦身子。尽管医生网开一面，但探访时间已经超时了，我被医生"请"出了病房……

五

2017年元月16日上午8点，东边天际里有了一缕久违的阳光，让人有一种拨开迷雾重见光明的感觉。我照例和女儿守在ICU门外，看着医护人员推车接转病人。我在心中一次又一次祈祷，希望先生能够快点接转出来。突然，有位医生大声说："1号床的家属在吗？"我三步并着两步奔了过去。医护人员告诉我，他们是普通外科十病室来接先生去他们病室的。我脸上多日来的愁绪一扫而光，正像天上的乌云被风卷走，一切立刻明亮起来。

先生瘦了一圈，头发和胡子像一丛乱蓬蓬的茅草。现在的他基本上脱离了危险，但还得小心谨慎。先生只能平躺，要借外力翻身，需经常擦洗身子，以防生褥疮。我帮他梳洗，给他擦身子，隔会儿给他按摩一次，还让他用细细的皮管子吸点儿汤和水。在普通病房里，我们可以不分昼夜地守候在病床前，终于可以看得见摸得着了。有时候，幸福就是这么简单，哪怕只是守在病床前，再苦再累也是我们的幸福！

主治医生李副教授每天查房时都对先生的病情仔细询问，问有没有什么不适，并检查伤口是否长好了，安排做功能恢复。他的一言一行、一举一动体现着医生的职业操守和救死扶伤的本色。上午医生查房后，又进来几位护士，其中一位漂亮的护士用天籁般的声音说："我是十病室护士长，我们病室所有的护士将为你们竭诚服务，你们有什么需求以及意见和建议可以随时向我们护士提出。"

  阳光总在风雨后，不经历风雨怎能见彩虹。先生当时伤势非常严重，当地医院诊断还怕到不了长沙，但在湘雅医院红灯一区抢救室，以及ICU病房和普通外科十病室的精心医治下，他的伤势已基本稳定，并于元月27日转回本地医院继续进行康复治疗……

  时间过去将近3年，曾经失魂落魄的画面已经永远定格在我的脑海里，也算是我和先生共同经历了一场生死劫难。

  对此次交通事故，交警的责任鉴定书为对方负全责。幸亏先生当时车速不到60千米/小时，虽然车子报废，但捡回了一条命。交警说对方车速太快，如果先生的车速超过60千米/小时的话，双方都有可能会车毁人亡。先生脊椎T12压缩性骨折，脾脏破裂，又过了最佳脊椎手术期，恐怕骨折的伤痛会伴随一生。

  人这一辈子，总会有高潮低谷。好好地珍惜和善待我们的生命吧！生活总会带给我们一些意外的惊喜或者惊吓。也许只有尝尽酸甜苦辣，才能算是真正完美的生活。我很喜欢一句话：一朵花的凋零，荒芜不了整个春天；一次挫折，也荒废不了整个人生。在此，我必须友善地提醒所有的驾驶员和行人，当你遇到拉响了警报的120急救车时，请您一定要想尽办法把道路让给120急救车先行！也许您一个小小的举动，就能够挽救一条生命！同时，我真心希望所有的驾驶员，严格按照交通规则驾驶车辆，养成安全驾驶的良好习惯，这是对自己负责、对家人负责、对他人负责、对这个社会负责。我祈愿天下所有的人都出入平安！

（该文入选《湖南报告文学》2019年度选本。）

过了阳关更向西　总是思兄处

　　自父亲走后，每年我都会把母亲接到家里来住些日子。1998年中秋前，我又将母亲接到家中。过节后不到20天，我到岳阳出差，因为事情较急，需要当天赶回单位，因而路经大哥和妹妹家也没有时间进去坐坐，办完事就匆忙打道回府了。

　　下午5点，我刚进家门就听见母亲说："你妹妹今天打电话，说你大哥生病了，我担心得中饭都没吃。"我脱口而出道："大哥生病去医院啊，打电话给你干吗？"我想大哥身体一直特好，只是有点抽烟喝酒的癖好。

　　晚餐后，家里电话又响了，我连忙接听，妹妹哭着说："大哥走了。"这消息犹如晴天霹雳，我紧咬嘴唇，疼痛不已，但理智告诉我，这事千万不能让母亲知道。母亲因为生育期间营养不良落下了月子病，一激动就容易晕厥过去。我强忍着不让泪水外溢。母亲问我："你妹妹和你说什么啊？"我说没有说什么。可母亲说明明看到我接电话时"啊"的一声脸就变得刷白了。为了母亲的健康着想，从来不说谎的我也只能破例了，我说："妹妹在电话里发脾气，责怪我在她家门前路过，都不进去坐一下。"其实，这时我的心里已经在滴血……

　　我背着母亲哽咽地告诉先生，大哥已经离开了我们。但我们不能哭，不能让我那可怜的老母亲知道，还要在她面前装作若无其事的样子。这事怎么办啊？明天我们必须赶到大哥家，找个什么理由到大哥家去呢？我们去吊丧，谁在家陪母亲聊天呢？怎样和她讲呢？和先生商量后，我只好把实情告诉单位的领导。善良的领导给我们想出一个周全的办法，要我和先生先回家。我们回家后，领导和他夫人来到我们家，表面上看是来串门，又像是在给我们布置工作。他对我说："明天你还得去趟岳阳，把工作做完，单位派车。"母亲听说有车去岳阳，急忙说："那我干脆也同车回去。我这几天心里总是乱乱的，我想回家了。"我顿感束手无策，血直往脑门上冲，只好装作很舍不得母亲这么快就回老家的样子说："妈，你来还不到20天，还是多住几天再回去好不？"母亲说："那不行！现在这里正好有车，你们工作又忙，难得以后再抽时间送我了。"

我假装去卫生间冲凉，拧开水龙头，任眼泪哗哗而下。我在卫生间里小声地哭着、叫着、喊着、跳着、摇着、撞着，以致先生几次敲门警告我：如果母亲知道大哥已经走了，她绝对不会有命回到家见大哥最后一面，这种悲痛谁能扛得住！晚上我们一家三口陪着母亲在一间房睡。母亲时不时会偶尔问一句："你大哥应该还好吧？"吓得我胆战心惊，生怕母亲发现了什么。我在床上掩着鼻子抽泣，泣不成声，只有眼泪扑簌扑簌地落下来，先生时时提醒着我。那一个晚上，我好似过了半个世纪。

第二天，我们一家三口，还有母亲和单位会计开车前往岳阳。我那亲爱的大哥，早晨起来还是好好的，在卫生间突发脑出血倒地而亡。他还那么年轻，说没就没了。我排行第六，上面有5个哥哥，大哥比我大16岁。是家里的顶梁柱，他为我们付出得太多太多。记得我结婚的时候，大家忙得不亦乐乎，父亲不见大哥身影，咕咕哝哝地说："看你大哥跑哪里去了？"待找到大哥时才发现他居然躲在房间的角落里偷偷垂泪。我嫁到先生家后，离家150公里，大哥总是不嫌舟车劳顿，买些东西来看我。我每次从大哥家回来，车开出很远，他还依依不舍，可离别的泪水早已在眼眶里乱漾……

母亲痛不欲生，老泪纵横地哭喊着："为什么让白发人送黑发人，为什么不用我的命换他的命啊！"母亲哭晕了多次，被抢救过来后神情恍惚，时而喃喃自语，时而痛苦抽噎，声声似箭刺痛着我们。

日复一日、年复一年，时间如同手中紧握的沙子，无声无息地流逝。然而，沙子没了可以再抓一把，花儿凋落可等来年再怒放，可我的大哥去了，前不久，我的母亲也驾鹤西去。母亲和父亲、大哥去相会了，他们再也不会回来了！

清明，我伫立于大哥墓前。清明的雨水，恰似人间的断魂泪。此时，远山静卧在氤氲的雾霭里，苍茫的天穹上好像传来一声沉重的长叹："是谁的眼泪在飞？"

长兄为父，我席地而跪，对着墓碑发自肺腑地喊出："大哥，你还好吗？"

（该文获《东部文学》"人生记事杯"征文二等奖。）

声尽呼不归

如果记忆成了碎片,那是因为有了太多的心痛。一些人和事总会随着岁月的流逝渐渐地模糊、淡忘,而有些却历久弥新,犹如刚刚发生一般萦绕于心,让人稍一念及,就痛彻骨髓。

那年9月,我身怀六甲。金色的秋阳温柔地抚摸大地,柔顺的风中,没有了炎天暑热,蓝天白云,清逸翛然。正当我沉醉在为人母的喜悦中,享受大自然的美景时,邮递员送来一份电报打破了我心头的宁静。"父病危速归",让我心头猛然一惊。

我刚从娘家回来,还没几天啊。如果父亲的病情不是很严重,他们怎么会给我发电报呢?我和先生即刻赶往车站。我们靠轮渡和小划子横过两条江之后,时间已经到了下午,千辛万苦赶到县城,最后一班车却早已经开走了。我和先生急得满地转圈,只想怎么快点儿回家,最后决定先到长沙,再从长沙坐火车赶往岳阳。就这样经过一下午和一个晚上的舟车劳顿,凌晨时我们终于在岳阳下了火车。但转乘班车时间却太早,先生只好护着我高一脚低一脚地朝家的方向走去。黑亮的天空被一张无边的大幕笼罩着,一路上我们走走停停,心想离家为什么还这么远呢?我在心中千万次祈祷,但愿敬爱的父亲能化险为夷。突然,迎面驶来一台摩托车。像行走在沙漠中的人看见了绿洲,我们心中一阵高兴，可定睛一看，骑车的人是大哥。我还没来得及开口问大哥"父亲还好吗"，就瞥见了大哥系在腰间的麻绳（当地风俗，意为披麻戴孝）。瞬间，那根刺眼的麻绳如万箭穿心，我的心一阵剧痛，于是昏了过去……

等我苏醒过来，发现自己已经躺在家里。此时，父亲已经走了20个小时，但他的眼睛却一直没有闭上。我连滚带爬来到父亲跟前，身体失重一般一直往下坠，有一种掉进黑洞的感觉。我的泪水夺眶而出。父亲毕业于长沙明德中学，他对我们兄妹的教育特别严格，就连吃饭的时候，手、脚的摆放以及夹菜的姿势都要特别讲究。他把这些要求形象地化成一句话，教导我们"坐要有坐相，站要有站相"。不求我们有多么了不得，但要求我们做子女的走出去要有教养，要与人为善，为人处世要不卑不亢……我是在母亲连生五个哥哥后出生的，一直是父亲的掌上明珠。为了能够让我见上父亲最后一面，父亲遗体停放在床上还没有入棺。母亲要我给父亲点根烟，因为父亲平时有吸烟的嗜好，我按照母亲说的点燃一根烟，说了句"爸爸您抽烟"，然后毕恭毕敬放在父亲的床前。母亲对父亲说："老头子，你的爱女回家了，你可以安心走了。"话音刚落，我就看见父亲慢慢地闭上了双目……此时，我泪眼模糊，脑子里一片空白。我知道，父亲已经走了，真的走了，他还没有来得及听见外孙喊他一声"外公"，就永远地离开了人世。

眼睁睁地看着他们轻轻地把父亲抬进了棺木，我低声啜泣，然后失声号啕，心如刀绞。当进入到下一议程，我刚要准备跪下，旁边一位老人家一把拉住了我说："孕妇不能对亡者下跪。"我撕心裂肺地大叫："这是我父亲啊！"老人家说是你的父亲也不能跪，我被他强拉了起来。就在这一瞬间，我仿佛听见了心掉在地面的声音。这是为什么！这是为什么啊！这是什么风俗啊！老人家再次劝慰我，你爸爸是到另外一个世界去完成新的任务了，我们应该祝福他！

"雌雄空中鸣，声尽呼不归。"又是一年清明了，亲爱的父亲，您还好吗？

有一种生活叫"吃红薯"

红薯，在娘家称为"苕"。娘家属于丘陵地区，旱土比较多，红薯也就种得多。那时生产队按工分分稻谷，我们一家七口，大哥和二哥出一天工可以记满分十分工，三哥只能按妇女记七分工。父亲是教师下放，不会做农活，工分只能和妇女等同，母亲比一般妇女也少一分工。这样五个人出工，只能算四个多工，分的稻谷根本不够七张嘴吃。尤其几个哥哥年轻力壮，正是吃长饭的时候，分回的粮食只能勉强维持半个月，没有粮食的时候就只能吃红薯代替了。

红薯成为我家的主打粮食，什么红薯饭、红薯汤、红薯片、烧红薯、烤红薯、红薯丝、红薯粉等，百样做法。吃红薯吃得我哭、吃得我吐！我就盼望着过年，过年时，队上可以预支来年的部分稻谷。大年初一，母亲咬紧牙关不会在这天做的米饭里放红薯，一碗雪白的米饭就是美美的过年。但到了年初二，红薯又会卷土重来，跳进我们的锅里。盛饭的时候，我用锅铲将锅里的红薯翻过来倒过去，哥哥老笑话我："你别把锅子打破了啊！"不懂事的我把红薯沾的米饭，一粒一粒刮进我碗里，只差没有用舌头去舔了。锅里的红薯被我翻得伤痕累累，最后都是父母和哥哥他们用力咽下。

后来，我一直拒绝吃红薯，看见红薯就想逃。记得刚到婆家的第一个春节，一位邻家妹妹心疼我这个岳阳来的新媳妇，兴高采烈地跑到我面前说："我今天弄了个好东西给你吃。"边说边将手上的东西藏到背后，显得很神秘，并要我猜。看她脸上得意扬扬的样子，确实是想给我一个惊喜，我猜来猜去猜不出。她将手在我面前一晃，大呼："我抢来的红薯！"我倒吸了一口冷气，后退了两步。

端坐岁月的渡口，倾听流年的风声，红薯已经成为一个特殊时代的符号。随着经济的飞速发展，人们的生活水平在不断提高，以前只求能够吃饱，到后来要求吃好，现在则变成了要吃得科学。红薯，从我们童年时代的救命口粮，变成无人问津的小杂粮，而今又跃升为"抗癌食品"走上千家万户的餐桌，真是此一时、彼一时。

有一种情怀叫回忆，有一种生活叫"吃红薯"。红薯在不同的年代、不同年龄的人眼中，意义有天壤之别，现在年轻人就图吃个稀罕。对于中老年人来说，很多东西的味道都淡忘了，剩下的只有对过去的满满回忆。听说红薯可以养生，就求吃个健康，吃个怀旧和快乐。随着生活水平的提高，红薯是城里人用来调剂吃腻山珍海味之后的良品。可是现在生活好了，人们天天像过年，但过年的滋味却越来越淡。

最浓的年味，恰恰沉淀在人们走过的岁月里。知否，知否？有一种年味叫"吃红薯"！一枚红薯便能让人秒回童年。今年春节，我在白米饭里藏一个红薯，以久违的滋味来温念烙印于心的故乡，馥郁亲人的味道，并将它们一起存储在记忆里，让带着泥土芳香的红薯，来拉开春意融融的序幕吧。

千层鞋　慈母爱

飕飕的北风吹着几乎光秃的银杏树，树枝轻晃，树上最后几片叶子掉到地面，还在怀念一年之中那些美好的日子。

"大人望插田，细伢子盼过年"，这是我们那一带流行的一句俗语。孩子们知道一放寒假就快过年了。十岁那年，刚放寒假我就向母亲嚷着要新鞋子穿，母亲被吵得没办法，白天到生产队出工，晚上便拖着疲乏的身子在煤油灯下做鞋子。一双布鞋也不是说做好就能做好的。为了穿新鞋子，我快乐地帮母亲打下手。

从腊月开始，有钱人家就开始请裁缝师傅上门为一家人添置点儿新衣服，所以，母亲要我到做新衣服的人家里去讨点儿裁剩的边角余料做鞋子。红色灯芯绒是最好的布料，要是穿上红色灯芯绒布鞋在同学们面前走过，便会引来不少羡慕的目光。当然，红灯芯绒面料也会被人们当成宝贝，轻易是要不到的。我们家人多，没有钱买新布料，也难得请几次裁缝师傅到家里做衣服，母亲便把破旧不能再穿的衣服沿着线缝慢慢拆开，找到些做鞋子所需要的布料，把废纸和旧布料用米汤糊两层后沾在门板上，再放在太阳下晒干，制成硬硬的布壳子，再将布壳子裁剪成鞋底、鞋面，然后用软和的热饭摁碎，沾匀再铺一层布按鞋样子剪边……就这样一层布一层饭浆粘贴，修修剪剪，一般鞋底要粘八至九层布才算完工。单鞋鞋帮的布壳是里外两层布，鞋面子要用新布，鞋帮穿在里面是别人看不到的，就都用旧布，这样可以节省布料。做棉鞋是在两层布中间夹上一层棉花。鞋底最上面那层布用白色新布，还要比鞋边大约一卷，以包住下面那几层布沿子，最后用针线先按鞋边纳一圈称为团边，这样的白边就显得很漂亮。老人家的鞋子一般不包边，称为毛边。团边之后是纳鞋底，这是做鞋子最难的工序，针要用力扯紧、针脚要匀。

在纳鞋底前，先把三股细棉线拧成一股。我用手指头勾住这三股线的中间位置，站在线与母亲之间。母亲用牙齿咬着另一头，用两手换来换去地搓，最后再将两个头合在手上一起搓，搓出来就是纳鞋底的粗线绳。纳鞋底我们那里俗称"打鞋底子"，得用粗线绳穿上大号的针操作，还得用戴在中指的针顶子将针顶入厚厚的鞋底，待针尖从鞋底另一面冒出头来，再用牙齿咬着针尖，帮着用力将针从鞋底子里拔出来，然后再拉紧棉线；再一次把针顶过去……就这样循环一针又一针，一排来一排去，将鞋底子纳成一个坚不可摧的硬底。而且在排与排之间也很讲究，每后排的针脚只能落在前排两针脚之间，针脚不但要细密还要均匀，这样的鞋底才漂亮。鞋底做好了，再把做好的鞋帮用搓出来的粗线绳缝合，一双千层布鞋就算大功告成。

大年三十的早晨，母亲递给我一双千层底的棉鞋。我穿上新鞋，小脚丫顿感暖和，便跑到同伴面前炫耀。在"啧啧"的赞叹声中，我兴高采烈地踢着毽子，唱着童年的歌谣。毽子在我脚上飞上落下、落下弹起。我跳着花式，前后左右追赶着毽子，可当我踢到99个，正想高呼"我是冠军"时，只听"咔嚓"一声，我可怜的鞋帮子炸断了。好不容易得到的新棉鞋，向我咧嘴苦笑，我捂着双脚甚至不敢回家。

母亲喊我回家吃饭时，看见我神情沮丧，双手紧紧地捂着鞋子，似乎明白了什么。母亲牵着我回家，并没有打骂我。大年初一早晨，摆在我面前的又是一双好鞋子。断帮的地方，母亲用相同的布加一层缝上，不仔细看很难看出。原来母亲在昏黄的煤油灯灯光下，花费了不少的工夫才补好了我的新鞋子。从此，我再也不敢穿新鞋子踢毽子了。

时光流逝，往事沉淀。我站在经年的渡口，抚摸过去的岁月，饱经风霜的母亲，已被岁月揉捏成脊弯、手抖、眼花、耳背的龙钟老人，像寒风中吹动的那几片树叶。那盏昏黄的煤油灯下，母亲微微前倾，用皲裂的双手一针又一针纳着鞋底，一次又一次地咬断线头的身影，已经定格在我的记忆深处，永久珍藏。

静静梳理陈旧泛黄的思绪，将浓浓的思乡情装进我的行囊。我穿过昨天，穿过前天，穿过无数过往的日子，行走在阳光下，脚步依然，情怀依然。

相知无远近　相惜在今生

每年生日，我都能收到一位朋友祝福的电话。不管她近在湖南或远在上海，在电话普及之后，她的祝福没有落下过一次。谢谢你，我亲爱的闺蜜——嫦娥。

那年我高考名落孙山，心情沮丧，便把自己禁锢在家里，足不出户。父亲的朋友刘叔叔周末照例来我家钓鱼，但这次身边还带来了两个女孩。刘叔叔介绍说，这是他的女儿鹤君和侄女嫦娥。刘叔叔老家安化，现在长岭炼油厂上班。我不知道安化在哪里，也不知道距离有多远，只是从大人的谈论中隐隐约约感到安化山很高，重男轻女现象很严重。嫦娥和鹤君只上完初中就辍学在家，刘叔叔回安化去探家，便将她们带到"长炼"来打工。

也许因为年龄相仿，我们三个女孩慢慢就成了好朋友，经常在一起游戏一起疯玩。我们出去玩都是骑一辆自行车，一人骑车带上两个人，坐在后面的两个总是在骑上坡的时候咯咯笑着，高喊"下定决心不下来，不怕牺牲蹬上坡"，骑车的人则使出吃奶的力气踩上坡。骑行在平路上的时候，后座上的两个人则故意摇晃，导致"掌舵"不稳，自行车失去平衡，在大家还没来得及反应便摔了个四脚朝天。

在记忆中，我和鹤君一般都坐在后座，嫦娥当"司机"的时间最多，但遇上我骑车掌把时，上坡前嫦娥一般都会跳下车去，替我省些力气。我们一家人都觉得嫦娥比鹤君要乖，也更懂事一些。也许是因为嫦娥是住在叔叔家，有点寄人篱下的感觉，所以更敏感和成熟些吧。

刘叔叔和我父亲曾想让鹤君和我满哥结亲，可满哥感觉鹤君有点公主脾气，他更希望和嫦娥结为一对，于是刘叔叔没有正面回答，后来这件事也就不了了之。当然，这事也没有影响到我们三个女孩子之间的友情……

那是个炎热的夏天，我们去安化玩，回来已近傍晚，累得实在是走不动了，就在路边拦停了厂里的班车。当男司机要我们买车票时，我们都懵了，你望望我，我看看你，然而我们身上却连一个硬币都没有。司机开始还以为我们是想耍赖，但看看我们都是穿的裙子，没有口袋也没有携带包包，连个塑料袋也没提，确认我们应该是真的没带钱。于是司机就说："好吧，你们没带钱就脱条裙子作抵。"我一听，慌得紧紧抓住了自己的裙子就哭得稀里哗啦，大叫："我要下车，不停我就跳车！"司机一看这情景，抿嘴噗的一下笑着说："我是逗你们的，这么晚了你们不坐车还能怎么回家啊？"司机确实就是说句玩笑话逗下我们小姑娘，但那天的窘境却刻在我的脑海里，一点儿都不曾忘记。

刘叔叔的家人都在安化乡下，他住在厂里的单身宿舍楼，厨房是宿舍楼里各家共用的，嫦娥和鹤君两个女孩住一间房，我总是在她们的房间里待着，我们一笑起来就能把房间给填得更满了。有一次，刘叔叔单位分了100多斤西瓜，我们就决定在房间里比赛吃瓜，比谁吃得多，吃得干净、彻底。我们用秤将西瓜分成三份，然后开吃。风卷残云，今生今世绝无第二次有那样的吃法了。西瓜吃完，我记得自己的身体只能直挺挺地坐着，真正体会到"吃饱了撑着"的感觉，更是感觉西瓜已经塞满到了喉咙口，只要头稍微晃一下，西瓜瓤就会源源不断地喷出来。那天晚上，刘叔叔回家就把鹤君大骂了一顿，说单位发的夏季福利也就是这100多斤西瓜，他连皮都还没有看见就没有了。我现在还有胃痛的毛病，估计就是那次吃西瓜过量落下的毛病吧，但那些欢声笑语却也让我终身难以忘怀。

暑期过后，我就到长沙的学校复读了，忙于紧张的学习，便只能在寒暑假里偶尔与两位闺中好友聚一聚。再后来，嫦娥就被她父亲接回了安化。

光阴似箭，日月如梭，时间在不经意间从我们身旁溜走，大家在各自的世界里忙碌，几年后，才开始有了书信联系。这时候，我才知道嫦娥已结婚生子了，婆家是邻村的，姓蒋。世界真奇妙，嫦娥终究还是做了蒋姓家的媳妇。我后来才知道，嫦娥其实不是刘叔叔的侄女，而是姓周，只是鹤君的同学，辍学在家，与鹤君做伴一起出来打工罢了。

得知我嫁到湘阴的地址后，嫦娥带着她先生和儿子到我家来做客。这样，我们又开始了来往。虽然那些嬉笑的少年岁月早已离去，可我们自少年时候便积淀的情谊却还是那么真，心也更近了。

我也去过嫦娥家，并随她爬上了村后那高高的山顶。在她的搀扶下，精疲力竭的我跌跌撞撞下山，那山之陡峻，那山之险象，令我现在想想都还心有余悸。除了种田，嫦娥还在山上种黄豆、花生，日出而作，日落而息，面朝黄土背朝天，我只能在心里疼她的劳累，也心疼她可能这辈子都走不出这小小山坳了……

嫦娥勤劳，而且手极灵巧。每年不同的季节，我都能够收到她亲手制作的单鞋、棉鞋，或者鞋垫，这都是按我们一家三口的不同尺码量身特制的。手捧这些珍品，我不免会想，嫦娥白天要劳作，这些都是她熬夜制作出来的，一针一线中饱含多少浓浓的姐妹情呀！后来，这些手工制品又加上了我母亲的。嫦娥总说我母亲那时候对她好，所以她感恩报答。

改革开放的春风吹遍了大江南北，也吹进了大山。在嫦娥和她先生的共同努力下，她家的小日子一天比一天好了，先是她先生定标买了小四轮货车跑运输，后来又买了大货车。两个孩子学习也格外努力，儿子浩仔考上了军校，女儿乐乐考上了卫校。

2018年乐乐结婚，我和先生也跟着做了一回"上亲"。那天，嫦娥还告诉我一件很好笑的事情，说是在乐乐找男朋友的时候，她只有一个条件，就是要嫁到"有包子卖的地方"。有包子卖的地方肯定就是人多的地方。听到这样的解释，我们一个个都笑得前仰后合。

浩仔在嫦娥的带领下第一次来我家时才三岁，长得胖乎乎的超可爱，于是我花了三天三夜，用棒针织了一件军绿色的毛衣，他穿在身上神气极了。后来嫦娥又生了女儿乐乐，再来我家就只带乐乐了，我问为什么不带浩仔来，嫦娥说路途遥远，带着两个孩子不方便。一晃经年，当我在乐乐的婚礼上再见到浩仔，那是一个英俊潇洒的军官，浩仔的妻子正在上海某大学读研。后来浩仔的妻子从美国进修回到上海，不到三十岁就当上了教授。

现在嫦娥和她先生定标长住上海，儿子媳妇对他们很孝顺，吃穿都给他们安排得很好，还经常买时装把嫦娥打扮得漂漂亮亮，周末时常带他们到各大景点游玩，希望他们能快乐地融入上海大都市的生活。

有人说，友情这东西一旦玩真的，比爱情还刻骨铭心。难道不是这样吗？我认为，这世界上真的存在一种胜过亲情的友情，即使没有半点血缘关系。

嫦娥，我们的情谊永远道不完，那就让彼此永远牵挂。最后，我记录下浩仔结婚时的几副喜联，让喜气常伴、喜上加喜，作为我对你们全家永远的祝福！

王媳国外深造有缘万里成佳偶，玲媛博学多才天作之合结良缘。

蒋姓兴昌夫妻同心显身手，浩气图强鸾凤和鸣谱新篇；嫦奔宫月壮志凌云谋大业，娥腾宙宇贤惠手巧建家园。

定宏图励精图治家兴旺，彪四海天地人和福禄康。

浩仔真名蒋浩，媳妇名王玲，妈妈名嫦娥，爸爸定标。这些喜联巧妙地将一家人的名字都嵌了进去，既营造了浓浓的喜庆氛围，又彰显了全家人联手共创幸福生活的美好愿景。

（文章中的鹤君28年未有联系。2021年3月，定居上海的嫦娥在抖音中与鹤君的嫂嫂相遇，因而几个少年闺蜜又重新联系上了，得以相约未来。鹤君后来顶父亲的职，一直在长岭炼油厂工作。）

在故乡的青山上

"爱伢崽！"

我正在电脑前码字，那久违亲切的叫唤，仿佛从窗口飞进来落在我的头上。我想只有母亲才会叫我的乳名，于是飞奔下楼去迎接已分别了49天的母亲。

母亲拎着一袋自种的食品，看我迎上去抱住了她。我嗲声嗲气地问："娘，您知道我在想您吗？"母亲噙着泪花慈爱地打量着我，却没有随我上楼回家的意思，她放下手头的物品，一句话也没说，扭头就要离开。我在后面追赶着、呼喊着，泪如雨下……

披衣下床，推开窗户看着楼下，雨声滴答不停，楼下谁的身影都没有，可我仍旧怅恨地站了许久。连绵的阴雨淋湿了这个春天，也潮湿了我心头的"母亲"这两个字。在我的泪光中，母亲踩着祥云走了，她不断向我挥手，挥手作别……我想母亲了，还是母亲在想我了，所以，今夜我们又在梦中相见。

往事历历在目，母亲的身影仿佛触手可及……

记得还是去年清明，回家扫墓时我买了挂山球，母亲看到后连声夸赞说："漂亮漂亮，你爸爸肯定会非常喜欢。"谁也想不到，我母亲这句话却成了一句令人心碎的离言,往后清明,我当要为母亲挑一串更美的挂山球吧,因为我知道,母亲一定会非常喜欢。

看这人世间,真是"明日隔山岳,世事两茫茫"啊。

母亲一连生了五个儿子,再加上我和妹妹,一共七个儿女。常言道,儿多母苦,这是实在话,即使是儿女们成年,也都还是母亲心里的宝贝。

我母亲有晕车的毛病,因而我嫁到湘阴后,她要来一趟确实不容易。父亲离世后,我尽可能地每年都接她老人家来我家住一段时间,但她在乡间住惯了,喜欢到处走走,尽管我家的楼层并不高,但城里人都不大串门,我又是个天生喜欢蜗居的人,这样的生活母亲很不习惯。母亲常念叨,说她住在老家,一开院门就见山见水,空气又新鲜,有熟悉的乡邻,可以随处走走聊聊。于是母亲半开玩笑对我说:"在你家里住呢就像是坐牢,只是没有拷手拷脚了。"这句戏言里多少透出她无奈的情绪。

母亲喜欢看书,每次从我家回去时背得最多的就是书,有时她还会孩子气地把我的好书偷藏几本。现在来往两地再也不用像从前那样有舟车劳顿之苦,但对于老人家来说,坐长途车还是很累人,随着母亲的年事越来越高,即使用专车接送,母亲来我家的次数还是明显减少了。2012年,母亲在我家住了大约半年时间,再后来多次想接她老人家来我家住,都被她婉言谢绝。

母亲不愿来住,我只好多回娘家探望她几次。母亲每每见到我回去,很高兴又很伤感,她常常垂泪,责怪自己活得太久了,害得我必须两头奔波。可母亲却不知道从我的角度来说,娘在家就在,娘在我就还是个有地方撒娇的孩子,能回娘家去母亲膝下承欢,就是我人生中最幸福和快乐的时刻啊。

2019年初,母亲的健康状况每况愈下,我也尽可能每月都回娘家去看她一回,只是来也匆匆,去也匆匆,有一回临走时,母亲恋恋不舍地说:

"回来吃个饭就走,还不如莫回来好些。"我知道,那是母亲想留我多待一会儿,陪她老人家唠唠嗑啊。

2020年元月11日,年关已近,家中也忙碌。午饭后,我跟母亲说要回湘阴,初二再回来看她。算算其实也不到半个月时间,可当我转身的瞬间,母亲却突然说:"你把我一个人丢在这里呀?"

现在想来,母亲是感到了何等的无助与无力啊!老天无情,一场前所未有的新冠肺炎疫情席卷世界,阻止了我回娘家的脚步。母亲最后说的那句话,竟成了与我的永别之言。

往后余生,母亲就是我心底的痛了啊……

我的小棉袄

那年,我在长岭炼油厂的职工医院里生下了我的女儿。从此,我身上便多了一份为人之母的责任。

我教女儿数数、背唐诗,给女儿讲故事,女儿就在我的期望之中一天天长大、一天天懂事了。女儿四岁半时,我觉得凭她的智力和身高完全可以上学前班,但学校招生却有严格的年龄限制,无可奈何,我只好给女儿说,到了学校就说自己已经六岁。

在学校的老师们面前,女儿毫不胆怯,非常流利地背了几首唐诗,老师们挺满意,就问:"余炼,你几岁了?"女儿马上回答:"六岁。"这时候,我心里悬着的一块大石头总算放了下来。谁知道女儿却马上跟着做了补充:"老师,我本来只有四岁,妈妈怕学校不收我,要我讲有六岁了。"

这下全完了。在女儿童稚的声音里,此时我只恨不能找一条地缝钻进去。但我这时却听见一位老师说:"学校规定满六岁才能进学前班,但你是一个诚实的孩子,又送了'见面礼'(背诗),这次我们就破格录取你。"

女儿的诚实让我无地自容,从此,我在女儿面前不敢再说半句假话。

一天,女儿告诉我,说她今天在学校学会了礼貌用语。这下家里可热闹了。当女儿不小心踩了我的脚,她会马上说"对不起",但若我没及时

第一辑 流年,倾心而诉　　055

回答"没关系",她便会马上会指出来,说:"你们大人也不懂礼貌!"

有一次,我的高跟鞋不小心踩到了她的脚,她痛得哭个不停。我就说:"你若要做个坚强的孩子,就不要哭。"谁知女儿边哭边说:"妈妈,你踩了我怎么连一句'对不起'也没有?"于是我连忙说了几句"对不起",女儿的哭声戛然而止,只见她忍着痛,一只手擦眼泪,一只手抚摸着痛处,大方地说:"没关系。"

有时候女儿调皮捣蛋,我们就笑着说,如果她再不听话,爸妈就生二胎。原以为女儿会着急呢,可她却嗲声嗲气地说:"你们敢生二胎,我就报公噶局('公安局'三字她还不能读明白)。"我母亲也觉得她古灵精怪,便对她道:"不知他们怎么会生了这么个稀奇古怪的孩子!"女儿一听,马上会回击外婆,说:"我是你的宝贝女儿生的孩子啊。"

有一天,女儿放学回家,气呼呼地对我说:"妈妈,我不姓余了,我要姓李。"我解释说,姓是不能选择的,并非你想姓什么就姓什么,你姓余是跟爸爸一样。后来我到学校打听原因才知道,学前班有个姓李的同学说她爸爸是公安局的,当警察有枪,女儿觉得枪很神奇,她也想要,所以想姓李。

时间一晃,九岁的女儿上五年级了。有一次在接她放学回家的路上,女儿突然说:"妈妈,还是生二胎好,今后我可以和弟弟(妹妹)一起养你们啊。"当时我听了就哭笑不得,忍不住想,现在的孩子可真不得了,小小年纪居然会想到这样的问题。

女儿的学习在班上一直名列前茅,我单位的同事们就总喜欢逗她,说:"余炼,可惜你不是一个男孩子。"女儿听了,却顽皮地做一个花木兰的亮相动作,并用半生不熟的豫剧唱腔道:"这女子们哪一点不如儿男……"

担丘田里的哭声

上学的那些年我最怕放暑假。因为暑假期间需要参加"双抢"。

"双抢"时节正是赤日炎炎的三伏天,太阳炙烤着大地,晒得皮肤通红刺痛,就连风也是滚烫的热浪。田里盖着的是一层浅水,但这水也晒得烫人。有时候,空气显得又热又闷,一丝风也没有,整个世界像划根火柴就能点着似的。"知了——知了——"树枝上的歌唱家们却不惧怕热浪,放声在田野里的树丫上欢唱,让人心神更加焦躁,愈发地觉得闷热了。

层层叠叠的稻田,稻浪滚滚,这是早稻在呼喊收割,待种的晚稻秧苗这时候也备上了,就等着早稻腾地儿出来,它们好霸占田地。这一收一种,必须是争分夺秒,是真正意义上的"双抢",农家的孩子到十二三岁也能派上些用场,一般都会跟父母下田帮忙,递禾把或者抬秧苗。因而,农村的孩子们除了有寒暑假,还会比城里的学生多两个"农忙假"。

"递禾把"是大人站在打稻机上踩动滚桶的时候,孩子把割倒的禾把快速传递给大人。就这样,各家各户的大孩子们在泥泞的稻田里来回奔波,在烈日下抱着禾把小跑送到大人手中,大人将禾把朝滚桶里摔打,谷就被滚桶卷走了。这个打稻谷的大木桶,在方言里叫"扮桶",脱粒到扮桶里的谷子还需要及时装进箩筐之中,然后挑到晒谷场里翻晒。虽然日头毒辣，但这些劳力活还必须靠大大的太阳天来成就，倘若下雨，那成熟的稻谷就会被雨摧残，即便能收割下来，不能迅速晒干，也会很快就坏掉。

"抬秧苗"是相对而言略轻松一点儿的活。大人在一清早便扯好了秧苗挑到田头，会按一块田地大约需要的秧苗数量摆在田垄上，这时候孩子们会被安排递秧苗，以加快父母插秧的速度，再能干一些的，则会跟父母站成一排，学着往水田里插秧了。

那个盛夏，我刚吃完午饭就听到了一个让我叫苦不迭的消息，是让我跟大人一起去担丘插田。虽然我还是个孩子，但身高比同龄人几乎高出一头，十四岁的个头已经比很多大人还高了，他们便觉得应该把我当作一个大人来用。

生产队有丘田名字叫"担丘"。我不懂什么叫"担丘"，父亲便告诉我说，在古时，担、斗、升属于容量单位。土地面积也用这些单位，一升田等于四厘，一斗就是四分，一担（一石）等于十斗，一担田就是四亩田。我曾在担丘抬过秧苗、递过禾把，因而对担丘田印象深刻，那块田真是非常大，一下到田里我就感觉这一整天都会没机会上岸。

随着大人们来到担丘田的田埂上，我发愁的眼里瞅着那一眼望不到对面的"江洋大海"，双腿就发软。眼前的担丘就像一个魔鬼，对着我放肆狞笑着……

午后的太阳更猛烈，秧田里的水晒得"咕咕"直冒泡，路边的树木花草都被烤得萎蔫了。秧苗鲜嫩，被太阳一晒，叶子都开始卷边了。我在田埂上走，热得喘不过气来，望着水汪汪白茫茫的担丘，心想这一苑苑的秧苗都要靠手指插到稀泥里去，要到什么时候才能完成这个要命的任务啊。有人在田里比画行数，按规定大人一次要插三行，边插秧苗边向后退着走，我毕竟是新手，还是小孩子，所以我就只要插一行。

对于大人来说最容易做的工，在我手上也是难活。担丘的稀泥很深，一只脚抽出来后,我的重心就全部在第二只脚上,但这深潭一样的污泥会拽住我的脚,使我要用力才能拔出脚来,且这稀泥还极为软滑,正所谓是"举步维艰"。我左手抓着秧苗,右手将一指指秧苗插进泥水中,每一指的秧苗棵数不能多也不能少,要求基本均匀,插到田地里还要跟两旁的秧苗在横竖上成行。横竖成行不是为了插出来之后田地多好看,而是有利于秧苗的生长和管理。

眼看大人们插完一趟,又开始插第二趟了。我身前插好的秧苗在微风中扶摇,好似要看着我会有什么状况发生。我心里满是不痛快,老想着大人怎么就能有那样快的速度,秧苗在他们的手下也极听话,从左到右,又从右到左,排列整整齐齐,像变戏法似的看得人眼花缭乱。

"扑通"一声,我脚没从泥里拔出来,人却倒在了水田中,满身泥水。我挣扎着爬起来,咬紧牙关继续插秧。

以前大人们插秧的时候,我看见他们喜欢苦中作乐,比赛谁先插到田坎边来,插得慢的人会被两边插得快的人关在"巷子"里面,于是田间就会发出一阵阵"哈哈"的笑声,被关的人自然是尴尬极了。不过今天,被关在"巷子"里的人肯定就是我了。其实,这还不是最悲惨的。没多长时间,我突然发现成群结队的蚂蟥好像商量好了似的也来欺负我这个插田新手,这些软软的恶心东西太可怕了,在我一声声惊恐的尖叫声中,一条又一条被我从腿上拽得老长,然后扔回水田里。我一把拽掉袖筒和裤筒,凄厉地尖叫起来,"我的妈呀",蚂蟥好像全部在我的裤筒里开会,它们贪婪地吸吮着我的血液。数量庞大,有一个班,不!应该有一个排!

我哭喊着,抓住田坎边连滚带爬往出埂上蹿,只有一个念头在我心里燃烧:我要和"担丘"同归于尽。

大人们并不怕蚂蟥,他们竟兴趣盎然地"玩"起了蚂蟥来。我看见他们找来一根细树枝插进软趴趴肥大的蚂蟥体内,然后将蚂蟥穿得里朝外翻过边来。被翻过的蚂蟥被丢在火辣的太阳下晒着，不多久就晒成了一块干皮。蚂蟥生命力顽强，拽断切碎都没有用，它也不会死，反而会变得越变越多。大人们告诉我，只有这样翻晒成蚂蟥干，它们才会呜呼哀哉。

那天下午，剩下的时间我都是坐在田埂上撕心裂肺地哭，哭声在"担丘"上空回荡，打死我也不敢下田了。二嫂看我这样子也实在没办法，她就帮我把任务完成了。但从那以后，我那"哭巴担丘"的名声便传遍了整个乡村……

随着中国农机事业的突飞猛进，农业机械化取得了举世瞩目的成就，机械代替人力下田干活了，还又快又好，无比辛苦的"双抢"渐渐淡出了人们的视野，而我那被蚂蟥吸血的记忆也承载着我少年的酸楚，让我懂得了什么是真正的幸福。

（该文发表于 2019 年 5 月《山东散文》。）

我的投稿历程

父亲是湖南日报的通讯员，受他的影响，我从小就对文字充满了兴趣，从17岁开始就向父亲学习写新闻稿件，并尝试向报刊投稿。

对于初学写作者来说，写稿要经过艰苦的磨砺，投稿的酸甜苦辣也不是局外人能体会得到的。编辑部对稿件要求严格，且要一个字一个字地将文章工工整整地抄写在方格稿纸上，标点符号需要占格子。而且，每次誊抄稿件都必须用复写纸，一式两份，复写的那份方便自己留底。这个，我是有过教训的。稿件被编辑部"枪毙"之后不会退稿，如果手中没有留底，只能凭记忆再一点点重写一次。后来我才学会了在寄稿时附上一枚邮票，方便编辑部退稿时使用。

我刚开始投稿那段时间，正好有免费投寄稿件的规则，就是投稿人只需把信封剪去一个角，并在剪角处写上"稿件"二字，邮局就可以免费寄送。邮票不便宜，能免费寄送让我非常开心，于是我非常勤奋，多写多投。可没想到这个"免费"好景不长。也许正因为能免费邮寄，创作的人和稿件数量激增，导致编辑部稿件堆积，编辑老师们不堪重负，于是"剪角投稿"的时代戛然而止，成了我最美的记忆。后来，寄稿和寄信一样都要贴邮票，五分、八分、再到两角，我从牙缝里省出钱来买邮票寄稿件，而且我的稿件还总是超重，要收超重费。在那一分钱能买两颗糖的时代里，我真算得是"节衣缩食"了，直到后来经济能力好起来，我都还没有吃零食的习惯。

一篇文稿寄出去，这个编辑部不发，又投向另一个编辑部，我坚持不懈地往一个个编辑部投稿，不知有多少个编辑部曾有我"到此一游"，可我寄出的稿件如泥牛入海，杳无音信者居多。风不懂云的漂泊，天不懂雨的落魄，眼不懂泪的懦弱。编辑们可能不知道那些文字是我的血泪结晶，是我呕心沥血书写出来的，他们大笔一挥就将我稚嫩的文章"枪毙"。一边是苦苦写作，一边是原地踏步，我也不知道该往哪个方向努力，对写作几乎失望了。

就在我想放弃投稿的时候，一次在火车上相遇一位好心的大叔，他听说我爱好写作，便教我专心只投一个编辑部，如投稿文章没有发表，就进行再加工，好好打磨，或者重写一篇。从那之后我就选定了一家编辑部继续投稿，咬定青山不放松，我在一次次的退稿、打磨、再投稿、再打磨的同时，还报名参加写作培训班和函授班，力争得到更专业的指导。

功夫不负有心人。不知是我的文字终于有了长进，还是编辑们忍不住发了善心，我终于收到了《今日女报》寄来的样报。看着那散发墨香的报纸，看着我的文字终于变成了铅字，心情一如大海里欢腾的浪花，在尽情地涌动。

随着时代的飞速发展，互联网已成为现代人工作学习不可或缺的帮手，使用网络进行投稿也让报刊与作者之间的沟通更加方便快捷。蓝墨水退出了历史舞台，一个字一个格子誊写稿件的时代已经一去不复返了，更不必步行十多里路去邮局寄信，只管打开邮箱上传文档，填写收件信息，点击发送，心爱的文章就送达到收稿邮箱。网络像一根很长的绳子，把一个很大的世界连接在一起，这是一个科技飞跃的时代，我有幸赶上了。

"书山有路勤为径，学海无涯苦作舟"。现在我仍在写作的道路上不知疲倦地探索与追寻，渴望获得更渊博的知识，获得更开阔的文化视野，积累下更多的文化艺术素养，当然，也因此获得更多的创作与提升的机会。曾经的"投稿困难户"，如今已变成"投稿专业户"，有多篇散文、现代诗歌发表在国家、省、市级的报刊上，并多次获奖。

人生就是一场没有彩排的现场直播，我们唯有打好基础，培养坚韧的品格，去努力做好每一件事。每一位成功者都不会是随随便便就能成功的，人生只有向上、向善、向着阳光，自强不息，才能找到通往成功的道路。

相识是缘分　惜缘成知己

第一场相见，是在岳麓山下，在杨老师的家里，那时候，我们青春年少，都怀揣梦想。和很多同学一样，我们匆匆相识，又匆匆离别，只是将部分名字留在了记忆中，当然不可能预想到，哪一个名字会延续一生，始终诚挚亲密。记忆喜欢捉迷藏，你甚至不知道它会将哪些东西存下又丢失，仿佛并不存在似的，只在多年后因着某一眼一念，一瞬间复活到心波里。还好，我们有回溯过往的法子，是你在我的日记本上留下的通信地址，使我在20世纪90年代末期整理日记本时一眼瞧见，记忆温暖，你的身影鲜活，让人牵念，于是我尝试着给你留下的老地址写信，且还顺利地收到了你的回信。就这样，我们再续前缘。

你是那种小巧玲珑的女孩子，站在一起，我会比你高出一个头，怎么看，你都像是被我保护的对象。可实质上呢，当我们在一起的时候，却总是你在保护着我。旅行时，你总是那个拎最重、最多包包的小女子；有了好吃的，你总是谦让着，让我和赌妹（余红双）大快朵颐。记得一次去庐山，往三叠泉瀑布的台阶有3300级，阶梯又多又陡，有的路段一侧是险峻的绝壁，一侧却是无遮无拦的深深山谷，两侧都没有安装扶手，游客们走得步步惊心，仿佛大家来此不是为了去看深谷里藏着的如烟飞瀑，而是特地来挑战自个儿的心理极限。同行的朋友中有几位望而却步了，只有我们抱着百折不回的心一定要下去看看。在这最艰险的一程中，我被数不尽的台阶累得上气不接下气，腿脚发软，而你却总是会及时伸出手来拉我一把。

还记得有一年我打电话给你，说想去你家玩。你很开心，一早就去买了不少菜，然后一直与我保持着短信联系。我从家里出发了。你开始准备饭菜了。我一直在路上。你踮起脚尖盼望我早点抵达。眼见中午十二点就到了，你心里焦急，便催问我怎么还没到。我回复说遇到几次红灯耽误了些时间，马上就会到了，你赶紧出来接一下。

这时候，你开心极了，果然跑到大门外来迎接，并站在那儿傻傻地等。这时候，我才揭开了谜底，说：哈哈，我正在单位的食堂用餐呢。

那一天，正是2008年的4月1日，也就是西方的"愚人节"。

即使这样，被我戏弄了的你却未生气。只是后来你一直也想整蛊"报复"我一回，皆因我"戒备森严"，你一直都未能如愿。

我和你的缘分与感情还不止如此。我们的生日居然只相隔着一天，而赌妹的生日则是十月底，于是我们相约，每年的生日就邀赌妹一起去旅行，赌妹生日的时候也会邀我们。三人一起畅游美景，有说有笑，真是人生快事啊。这些年，我们的生日就都是这样在旅途之中度过的。

我们在一起无话不说。我说话心直口快，难免有些话说得令人上火，但你却从不和我计较。曾听人说，恋人之间是互为前世又互为今生的，而在我看来，友情又何尝不是如此。

你总是很忙，在物欲横流的人海中，你喜欢做女强人，而我却迷恋文字，即使无名无利亦甘之如饴，因此我时常劝你不要那样劳累自己，要知道世界上的钱是永远赚不完的，如同洞庭湖的麻雀捉不尽。每次呢，你总是顺溜地答应得好好的，可是一转身你又忙开了。

马克思曾说过："人的生活离不开友谊，但要得到真正的友谊并不容易；友谊需要忠诚去播种，用热情去灌溉，用原则去培养，用谅解去护理。"

是啊，在这个纷繁复杂的世界里，仿佛每个人都有无数的熟人和朋友，但真正能共患难的又有几人呢？想来，能与你相识、相知、相守，能情投意合，两心赤诚，真是莫大的福源。是这福源让我们相逢，在漫漫人生路上，友情如歌。

我最亲爱的闺蜜——苏佑子和余红双（赌妹），感谢我的生命里有你们的存在，让我们一起珍惜这难得的缘分，快乐相守，一直相伴到老吧！也愿天下所有赤诚善良的人都能收获到宝贵的友谊。

请听我的"二重唱"

端午节三天假,一眨眼就在我的"二重唱"中偷偷地溜走了。"二重唱"有哪二重呢?就是"爆炸声"和"高歌声"。

前一天,因为想参加一个征文活动,我便坐在电脑前准备开始码字,思绪在记忆仓库上下漫游,看哪个角落能给我顺点儿什么出来。一时,我的灵感果然来了,手指上下翻飞,我飞快地敲击键盘,期望新文章能一气呵成。可是,我刚敲下了几个字,就感觉到口渴了,而且是极度干渴。

我起身去打开冰箱,却发现里面饮料全无,那就倒点儿白开水喝吧,可拿起开水瓶一摇,里面滴水无存。这是谁在跟我作对啊?!可我不能走神。须知灵感来之不易,我不敢纵容思想天马行空,忙用开水瓶接满自来水,插入电热水器加温,我立刻又回到了电脑前继续创作……

行云流水般地,我在屏幕上留下了一行行繁花似锦的文字,这些文字仿佛飘于空气中的香味,又像是五线谱上摇曳的串串音符,我沉醉其间,一段接一段地延续着这种创作的快感。

"砰——"蓦然一声巨响在我的现实世界里炸开,将我从文字的世界里强行拽了出来。这时候,我猛然一惊:"天啊,我的开水瓶!"

我慌乱起身推开椅子,急步奔向厨房。厨房里热气蒸腾,满地的水,满地的热水瓶碎片在闪动着银光，好像在嘲笑我这个已是目瞪口呆的"书呆子"。我的小名就叫"书呆子"，其实我已经不是很"呆"了，因为热爱文字的原因，我已经被重新激活过了。

我抬眼看了看时钟，惊觉这热水瓶已在厨房里孤独地工作了80分钟，最后它在忍无可忍之中选择了自爆。当然，幸运的事也还是有的，假若我早两分钟正好到厨房里来喝开水，那么后果将不堪设想。

你看，我现在只损失了一个热水瓶和一个烧水器。况且，在爆炸过后不久，我便在极度干渴之中如愿完成了写作。我心里特别高兴，口渴也给忘了，且一高兴起来我还想唱歌——想唱就唱，还要唱得响亮。电脑的音量太小，我把客厅的音箱也打开了，趁着高兴，今天我要唱个一醉方休。一首又一首歌儿在房子里飘荡，我的世界里这会儿只剩下了我的歌声。我也不知道唱了多久，也不知道唱了多少首歌，只是爽歪歪地感觉自己可能快要唱疯了。

在视线的余光中，感觉壁镜里有虚影晃过。我一扭头，在如痴如醉中瞧见先生和女儿开门进来。心想，他们怎么会同时回来呢？于是问女儿："炼子，你不是去超市里买瓜子吗？怎么同你爸一起回来了？你买的瓜子呢？"

女儿一听更生气了，她气鼓鼓地说："妈妈你还问我，我还没问你呢。"

原来女儿早就回来了，但她没有带钥匙，就一直在门外喊我开门，可我居然完全没有听见。女儿听到我在里面唱"党呀，党啊，亲爱的妈妈……"，就在外面大声喊"妈妈呀妈妈，亲爱的妈妈，你快点儿把门打开吧……"

女儿呼喊无果，甚至还跑到楼下的邻居家借电话打过我的手机。可是什么门铃声、手机声，都被我的引吭高歌掩盖了，我什么都听不见，实实在在地唱到了"两耳不闻门外事"的境界。

女儿百般无奈，只好坐在门外的地上吃瓜子，一直到她爸爸回来……

先生对我说，你写文章也好、玩游戏也好、炸热水瓶也罢，但总要注意人身安全吧。

女儿更是深有体会。她对我说，她再也不会忘记随时要把钥匙挂在胸前了。看来，坐在家门外嗑瓜子，还要忍受妈妈震耳欲聋的歌声，并不是件多么令人享受的事啊。

偶翻故友事　仰月望旧时

　　轻盈的四月在柔软的雨丝中穿行，大地被绿色唤醒，万物复苏，一派生机勃勃的景象。今春的寒冷底气不足，偷袭一下人们，又被阳光给驱散了，大街小巷里裙子、背心、凉拖，纷纷闪亮登场。

　　又到了换装的季节。我打开衣柜，将保暖的春装收拾整理好，又将夏装翻出来一件件审视。爱美是女人的天性，我也不例外。这些去年添置的夏装都过时了，没几件可以继续登上今年夏天的舞台，于是我顺手挑出许多不合时宜的衣物，折叠整齐，准备送去社区里摆放的捐物箱。

　　突然，我的手被定格了。手中握着的，是一袋毛巾！

　　这是两条还没有打开包装的毛巾。我的心在颤抖，眼泪忍不住了，一颗颗断线珠子般滚落到地上。我不愿擦干，也不想擦干，只能任凭眼泪一直流淌，而我的回忆开始在泪水中泛起……

　　确切地说，我应该称你为"表嫂"。夫妻是缘，朋友是缘，亲人也是缘。因为缘分，我们相识了，并且在我婚后不久就成了好朋友。由于我离娘家比较远，新到婆家，陷入了人生地不熟的境地，且我还不喜欢串门。你觉得我深居简出也蛮沉闷的，就常邀我去你家玩，毕竟两家相距不到五百米。我不太懂生活中的人情世故，而你却什么都懂，见我对湘阴的风俗习惯一窍不通，便常常提点着我。

记得那年三月三，我又去你家玩，你煮了地菜子鸡蛋给我端过来。我瞅了又瞅，很好奇地问为什么两个蛋颜色会不一样，你笑着说因为有一个是鸡蛋，而另一个是鸭蛋呀。我像个装了"十万个为什么"出门的好奇宝宝，又指着绿色细茎的植物问，这是什么菜？为什么要用它煮蛋？为什么要放两个不同的蛋？你极有耐心地一一回答，并说一个鸡蛋一个鸭蛋表示一阴一阳，阴阳调和了，身体才会更好。你什么都懂，从此就成了我在湘阴的生活顾问。

时间看不见摸不着，它悄悄地从指缝间溜走了，欢声笑语的日子一晃就到了20世纪90年代中期，你们举家迁往岳阳市城区。搬迁于你而言是幸福快乐的事，但于"我们"而言，却不免有了些小小的忧伤，更多的是祝福和牵挂。人世间总有一些缘分如花开花落，在恰好的时间相遇相守，又在恰好的地点分开，没有人能够拒绝和逃避。我又回到了初嫁来时的生活状态，静静地，像独自在这片土地上修行。

我们还没有来得及认真地年轻，时间就到了21世纪。可在这个新世纪到来的时候，却听说你患了一种病，一种现代医学在目前还无法医治的病。我顿时傻了，像被人狠狠敲了一记闷棍。我默默祈望一切都只是误传，或是医生误诊。但"奇迹"二字的童话色彩太浓，平凡如你我这样的人哪里能得到？

你在休假期间来湘阴的次数明显多了，每次要来的第一个电话总是打给我。每次来湘阴，你仍会带我一起去你哥哥姐姐家里玩，你依旧笑容明亮，恬静细致，根本就不像个得绝症的病人。我们一次次在东湖边散步，推心置腹地聊天，我们追逐、嬉笑，直到很久以后，那欢声笑语仿佛还在东湖公园的上空回荡……

2016年8月，盛夏，当时我正在港澳旅游。

那是在深圳的一家肯德基餐厅里，我兴致盎然，刚准备对手中的鸡腿下口，小包里的电话响了，等拿出来看，电话已经挂断，未接来电显示着你的名字。我心头一喜，可当我准备回拨时，又一个陌生号码打进来了，我疑惑地接通了电话，听到对方的哭腔，说："爱姨，我是思思，我妈妈昨晚走了。"

"啪"，手中的鸡腿滚落在地，大厅里人山人海都成了浮在泪光里的虚影。餐厅里很多人啊，我告诉自己别哭，要忍住眼泪，但我要怎么样才能忍得住眼泪呢？

"太阳挺大，拿出来的衣服先放到外面去晒晒吧！"先生的声音把我从回忆中拽了回来。手中的毛巾柔软，早已被泪水润湿，我轻抚着它们，就像抚摸着你的黑发，你的衣裳。可是今生，我再也不能够抚触到你的黑发，你的衣裳了。这两条毛巾，只是风俗里的一环，是丧家给奉上了葬仪的亲友一份回礼。可它，却也是你我今生最后的一点交集。

你看，有些人和事随风，有些人和事入梦，有些人和事会永远长留心间。你看，我又想念你了，我的表嫂。我的表嫂，你会永远留存在我的记忆里，愿你在天堂里没了人间的痛苦和忧伤。

永别了，我最亲爱的朋友——吴范明！

我的初恋

> 前段时间到厦门旅游，触景生情，故写下此篇文字。
>
> ——题记

走进厦门，站在这座曾让我魂牵梦绕的城市中心，回忆就像个顽皮的精灵，影影绰绰地直撞我那尘封已久的记忆之门……

那年，除了满满一大箱书之外，其他什么我都没有，我就是喜欢一个人静静地沉浸在书的海洋里。这些书是我的温暖，是我的明灯，是它们在照亮我的未来，丰富我的生命。书的世界，就是我的世界。

你到我地实习，有趣的是书让你我相识了。我们都有着"相逢好似曾相识"的感觉，慢慢地我开始察觉到你时时都在我的视线里晃着。见到你时，我的耳根发热、满脸红晕、心怦怦直跳，这是怎么啦？我偷偷地翻看恋爱心理学，一看才吓一跳，书中说这就是初恋的前兆！

初恋是一株嫩绿的春草，似有似无、时隐时现，说萌芽就萌芽了。就这样，我开始了初恋。

我们在一起无话不谈，从过去谈到现在以及将来，时间在我们谈情说爱中一晃而过。就在你实习期满将要返校的前一天晚上，你才正式向我求爱。我面色绯红,羞怯怯地低头不语。年轻时真是莫名其妙,生命里充满了莫名其妙的骚动、莫名其妙的追求、莫名其妙的懊恼、莫名其妙的惆怅,还有那莫名其妙的……怎么说呢?

莫名其妙的我就给了你一个含糊其词、莫名其妙的回答。

第二天,你满怀惆怅,恋恋不舍地登上了返校的列车。

之后,我们只能鸿雁传书了。也就是在这个时候,父母和哥哥知道了我和你的交往,全家人开始极力反对。五心不定六神无主的我便因此而鬼使神差地给你发了封快信,说,我们只能做好朋友。

快信发出后的第三天,凌晨三点,"嘭,嘭,嘭……"

一阵急促的敲门声把我从梦中惊醒,然后你破门而入。我泪眼汪汪,望着有点消瘦的你,而你气喘吁吁,眼露凶光朝我逼近,质问:我们为什么要分手?

我像一个虔诚的信徒,想向你悔过。我再三相劝,说今后你一定能够找到一个比我强百倍、强千倍的女孩……不劝还好,一劝你更凶了,我颤抖着倒来一杯温水递给你,希望你喝了水能消消气……

"啪……"

杯子掉在地上,你像一头发怒的狮子在房间里乱叫乱跳,把头狠狠地向墙上猛撞,我真不知要怎么办才好,只能一个劲儿哭。有人说女人的眼泪能打动男人的心,也能摧毁男人的意志。你却彻底否定了这句话。见到我只是哭而不语,你猛地冲出了房门,直奔青山湖。一种不祥感袭上心头。我吓出一身冷汗,跟着追了出去,一直追到湖边,当我跟跟跄跄地爬到你身边,双手拽住你,湖水的涛声轰鸣,水珠溅在脸上却凉在我心里,难道今天,青山湖要是我和你的灵魂安息之地了吗?

我跪在你面前,终于答应了你。此时,你再也抑制不住自己的情绪,泪水终于还是夺眶而出,顺着腮帮滚落下来……

回到我家，你拿出了一式两份的两张信纸，纸上写着"田和鑫定于×年×月订婚……"你已写好了你的名字，于是我拿起笔，望着镜片后面那双祈盼的眼睛，也在纸上写上了我的名字。由于你还在撰写毕业论文，不得不马上返回学校，于是我将你送上了返校的列车。

不久，你要我帮你选择毕业去向。你毕业的去向是厦门，但可以因我的原因申请来我所在的城市。我回复你：请你自己选择。其实，倔强的我还是希望你能选择我所在的城市。我在暗暗祈盼、渴望，只是没有明言。不知是上天的捉弄，还是学校的原因，你还是被分配到了厦门。这实在太出乎我的意料了，当然也在情理之中……

自你分到厦门后，时间与空间这对魔鬼顽固地与我们对抗，等待的结果最终是你南我北。在我的心里，似有一种既不能克服又不能不克服的东西在互相厮杀。"软弱啊，你的名字是女人"，这是莎士比亚为哈姆雷特写过的一句著名独白……我没有按你的意愿随你去厦门，而是选择留在了自己的家乡。且因为兄弟姐妹强力阻拦，父母苦口婆心开导的缘故，两年后我乖乖地完成了父母"女大当嫁"的指令——结婚。

虽然我们已经有过"一纸承诺"，但我现在结婚了，新郎却不是你。婚后，我请先生给你写了一封信告知情况，以了结我那戏剧性的初恋。

无缘的厦门，无缘的你啊。此时，我来到厦门，又离别厦门，心中感慨万千：一切随缘吧。朋友是缘、初恋是缘、婚姻是缘，应该执着时执着，需要放下时放下。我们只能随缘，也只能够随缘。

祝福你，厦门！祝福你，朋友！

我的精神伴侣

我时常觉得,"年轻"真是最容易莫名其妙的时光。但不管年轻时如何糊里又糊涂,也还是要庆幸我们都曾那样年轻过。

我曾自诩对网络有着超强的免疫力,可还是会为网络里的歌曲沉醉,耳麦里传来忧伤、缠绵悱恻的音乐,让我不胜感慨。

在茫茫人海,看世事都是纷繁复杂。我却一天又一天在机械式地上下班,人生履历简单至极,像一张白纸。多少次,我奔波在喧闹的街头,感叹自己太过匆忙,没多少时间来做作家梦,只能成为名副其实的"坐家"。苦楚和无奈常常一齐涌上心头,忍不住扪心自问:是命该如此吗?

一位作家说出了我的心里话:人们把女人幽禁在厨房和卧室,然后惊异于她们视野狭小、目光如豆;人们把她们的翅膀剪断,然后叹息她们不会飞翔。

这就是女人的悲哀啊!

这时候,我就觉得心中痛苦。这些痛苦如何让我写下来,这是我所思考的。或者是我的笔力有限,有些痛苦总是让我想写也写不出其深度和广度。街头常有乞丐在诉说自己经历了怎样的困苦,以换取人们的同情和施舍。我当然不需要乞讨金钱,但若我要诉说痛苦,又能获得什么呢?谁能给我精神上的理解和响应吗？想想，心里很不是滋味。况且我有点清高，别人觉得我是非常坚强的人，所以我就必须更坚强，绝不能成为精神上的乞丐。

从小受父亲的影响，我喜欢上了文字。我在文字里奔跑、欢笑、陶醉，文字就像我的知心朋友，一路陪我成长。天蓝了，花开了，草萌了，树绿了，鸟叫了，都是我的写作素材。我发疯似的向全国大小报刊投稿，可编辑们认稿不认人，只有作品符合刊物的要求才可能发表。我这样盲目的投稿收效甚微，直到1994年，我的处女作才在《今日女报》上刊发。但这对于我，好似一轮红日在海面上冉冉升起，充满了令人震撼的美与希望。

埋首在书的海洋里，看书、买书、写作成了我的生活。在网络时代，我对网络充满了质疑，更不要说会相信网友。我就是固执地认为，网络是个虚拟的世界，一切都是假的。

2005年，一个偶然的机会使我接触到"论坛"。我像一个不速之客，懵懵懂懂，在活跃的论坛里我却"举目无亲"。可我小心翼翼地发了一篇文章在论坛里，然后在不到10天的时间里竟有了近3万的点击量，还有300多条网友们的回帖。说来真有点儿奇怪，令人难以置信。这些点击阅读的和热情回帖的网民都与我素不相识啊！看到那些诚挚的赞扬与探讨，我怎能不感激万分呢！

我以真诚面对网络，网络也以善意待我。战战兢兢与质疑一下消退，从此我就改变了对网络的看法，甚而还深深喜欢上了网络，除了写作和给报刊投稿之外，进论坛读文章，点评他人文章，发布自己的文章也成了我生活中的重要组成部分。我开始品味到了网络的方便和广大，逐渐习惯和依赖于网络，在网络学习和写作，在网络得到良师益友，在网络连通世界。

写作需要潜心学习和发掘，因而是一件苦差事。但心怀热爱，写出佳作，又是让人满心喜悦和幸福的事。就这样，写作的人累并快乐着。近30年的写作，我一如初始，就是纯粹地喜欢文字。我两耳不闻窗外事，一心只写心中文，写作就像朝圣，我一直在路上。

也正是如此，不离不弃，一生相伴，我的文字，便如同是我的伴侣，一生相随。笔，和笔下的字，用灵魂相依。

（该文发表在 2018 年第 10 期《北极光》杂志。）

阳台，心灵的栖息地

在单位，我是出了名的"花草控"，喜欢侍弄花花草草。同事刘金辉第一次来我家玩，我并没有告知她我家的门牌号，她竟然能上楼直接敲开我家的门。用她的话说："我知道你喜欢养花，哪个阳台的花多肯定就是你家。"

喜欢养花是我多年的习惯。在我看来，养花是一种生活态度，不仅可以增添情趣，使生命更富生机，还有利于身心健康，陶冶高尚情操。每一株花草就像孩子一样，我都会宠着、爱着。因为花草也是有灵性的，自己在不开心的时候，独自对着花草轻言细语，倾诉衷肠，立马会情不自禁地随着花草芳香的吐露而舒畅起来……

有一年，我心血来潮地在阳台上栽了几株辣椒苗。辣椒需要充足的阳光，而我家阳台正好向阳。我天天浇水，施肥，一个夏天忙得晕头转向。辣椒树在我的期盼中一天一天长大。一天，我突然发现辣椒树开花了，洁白的花朵在冲我微笑，花谢后，花头慢慢地长成一个个很小的圆球，像一粒粒绿色的纽扣。过不了几天，圆球就长成了辣椒的模样，青青的，个个神气十足。没事的时候，我就喜欢去数，长了几个，红了几个，心里清清楚楚。简直就像我完成了一部文学作品一样有成就感，真可谓是人生的一大享受啊!

  我家的厨房是烧饭菜的地方,卧室是休息的地方,阳台却是多功能的,那里有我的化妆台、洗面盆、拖把池、鞋柜、洗衣机、收纳柜等。我的阳台,是我的小世界。我常常喜欢安静地坐在阳台上,看着蓝天白云,什么都不想。晴天时,当午后的阳光跳进阳台,我更喜欢躺在阳台的躺椅上,翻阅我的诗,遥想着远方;雨天时,我还是喜欢躺在躺椅上,看阳台外的雨淅淅沥沥地下,那一刻总有一种思绪漫过心头,让我的心随雨丝飘零;当雪花飞舞的时候,我更是喜欢伫立在阳台上,望着漫天雪花随风起舞,整个大地慢慢地变成纯白,世间万物也因此分外素净……

  我喜欢阳台这块心灵的栖息地!

秋晨心语

时令已是国庆，深秋的早晨有了几分寒意。洗刷完毕后我披了件外套，照例准备下楼去锻炼身体。我知道自己还是不能够跑步，只能慢走。因为前段时间我跑步时膝盖韧带被扭伤，现在只能慢慢走。慢慢走也好，可以停下匆忙的脚步，抬头看看高远的天空，静听身旁花落的声音。随着年龄的增长，曾经的浮躁，好像都慢慢交给了岁月。不想染上斑驳陆离的色彩，不羡慕五彩缤纷的世界，也不渴求春风得意，只想从胸中默默流淌出虔诚感恩的阳光……

刚走到单元门口，右手边一棵四季青枝茂叶的樟树，掉了满地墨绿色的叶子。自我搬进这个小区以来，我陪樟树慢慢长大长高，举着一抹绿的樟树对我迎进送出。稠密的树叶绿得发亮，不论是酷暑还是寒冬，它都傲然挺立，蓬蓬勃勃。怎么一个晚上就掉了这么多绿色叶子呢？我轻轻地抚摸着樟树想：昨天晚上你到底怎么啦？怪不得我昨天晚上彻夜难眠，总是听到楼下有"吱吱吱"的声音。那是你心碎的声音吗？我知道树干与叶子是血脉相连的。是什么东西让你遍体鳞伤？我四处寻找风的足迹，没有啊，树叶一动不动，仿佛在告诉我，风儿贪玩，几天一直未曾归家。雨虽然缠缠绵绵任性了几天，但现在正在白云那里面壁思过。谁都知道，叶的离开是风的无情，树的不挽留。可是昨天晚上真的不关风的事，因为风根本就没有回家。或许风在其他地方另觅新欢。木讷的樟树，叶子是笔直掉落在地上的啊。不过，虽然掉落的叶子会一天天枯萎，然后慢慢死去，但它最终还是会化作尘土回到你的身边，永远地跟你在一起，因为叶子以你为圆心而落，始终在你的周围……

望着落叶，我明白了。其实叶子非常珍惜和树的这段感情，忘不了他们相依相伴地数星星，更忘不了他们一起承受风吹雨淋、太阳炙烤时的不离不弃。"落红不是无情物，化作春泥更护花。"秋风，让树枝记得叶落的日子，所以只要风一起，树木就会变得慌张……

我猛然记起，我还得去完成每天早晨6000步微信运动的任务。此时，太阳还躲在云层里睡懒觉。早晨像露珠一样新鲜，天空发出柔和的光辉，澄清又缥缈，一切都纯净得让人心旷神怡，可是我的心旷不起来神也怡不起来。我只是傻傻地猛吸几口气，想把旧的吐出来，把新的吸进去，好像如果能够换心我都愿意。深秋带着落叶的声音来了，路边的树木看上去好郁闷的。因为再过半个月，无情的秋将剥下它们美丽的衣裳。它们只能枯秃地站在这里，不过干净明亮的马路让我的心情有些许安慰。因为总是有几位熟悉的环卫工人的身影，他们风雨无阻，低着头弯着腰一遍一遍地清扫着地上的垃圾。现在是秋天，他们更要加班，打扫地上的落叶。估计他们凌晨三四点就开始工作了，要不，我五点多出来时马路不会这么洁净。他们不放过一片树叶，把干净留给了这个城市。我小心翼翼从他们身边迈过。就在我前面不远，有位先生随手将早餐后的垃圾袋扔在刚刚扫过的洁净的地上。我跛着脚连忙走上前，弯腰捡起并送到扫垃圾大叔的拖桶里。大叔向我竖起了大拇指，我鞠躬回礼，向城市的美容师真诚致敬："你们辛苦啦！"党的十八大以来，湘阴全面加强生态文明建设，推动绿色低碳循环发展，系统治理山水田湖，持续打好蓝天、碧水、净土保卫战，已取得重要成果，湘阴县已成为和新时代相匹配的美丽城市。

一辆辆车从身边呼啸而过，打乱了我的思绪。我满脑子还是昨天晚上听到的心碎的声音。虽然走得慢，但是走过的路都被我抛在身后，人必须要向前看。我慢慢地把头转向蓝天，太阳公公把许许多多的云撒满天空，将天空点缀得格外漂亮，好像一块巨大的色彩缤纷的织锦。鸟儿时不时在天空中划过一道优美的弧线，我想起了"恨别鸟惊心"的诗句，这诗真是写出了我此时的心境。

在秋风的牵引下，我不知不觉就到了湘阴县文体广场。喧闹的广场早已唤醒了仲秋的晨光，小鸟还在桂花枝丫上叽叽喳喳地叫个不停。四角亭、六角亭、长亭，亭亭相望；篮球场、网球场、门球场，场场相连；图书馆、体育馆、文化馆，馆馆相应。广场中心是用大理石拼出来的半幅世界地图，四周是北冰洋、太平洋、大西洋、印度洋。我喜欢站在祖国的那颗红红的五角星的位置。正北面是中共湘阴县委县政府办公大楼，面对大楼前那面高高飘扬的五星红旗，我情不自禁大声唱道："五星红旗，你是我的骄傲；五星红旗，我为你自豪；为你欢呼，我为你祝福，你的名字比我生命更重要……"

广场的东角为郭嵩焘先生的石雕。掩映在那片绿里的郭老，更加令人心生敬意。石雕的下方刻有"清醒看世界第一人"。郭老手持一卷《使西纪程》，矗立在晨曦里，深邃的目光透着满满的坚毅。石雕的背面是嵩焘先生文化长廊，文化墙上每块浮雕的旁边配以文字说明。我一字一句细读、细数，共16块浮雕，展示的是郭老一生的传奇经历及重要典故与事迹，真是"流传百代千龄后，定识人间有此人"啊！

篮球场上，几位00后为了一个篮球正在你争我夺，汗流浃背；一群不老不少的队友脚下像踩了风，蹬得健康步道"咯咯"地响；满头银发的爹爹和娭毑们身穿白色衣裤，精神抖擞，那双打太极的手好像在转一个无形的球，仿佛要将陈年往事都塞进去。我只能走进跑步的人群里，慢慢走着，尽量不挡道。广场是一个正方形，全长 1090 米，是用小红砖铺成的花园式健康步道。"我运动，我健康，我快乐""少油、少糖、少盐"等养生小常识指示牌，时不时向路人微笑招手，算是恰到好处的温馨提醒。

一位蓝衣女子，每天早晨带着小白狗跑步，总会在我身旁经过。小狗狗追着主人跑，主人快它也快，主人慢它也会慢下来。它一身雪一般洁白的皮毛，一条又细又短的尾巴随着跑步在不停地晃动，成了广场上一道亮丽的风景线。狗应该是对人最忠诚的动物，它不在乎主人的贫穷富贵，永远都是忠心护主，永远都以诚相待。

看着时间从身边滑过，我颓废地想要抓住过去，却连现在也从指缝间溜走了不少。突然，一阵香气扑鼻而来。我像被打了一针强心剂，忘记自己的膝盖还在痛，环视四周寻找芳香的来处。啊！桂花树！我贪婪地猛吸着。听说桂花是报秋的使者，它四季常青，默默地奉献着自我，所以桂花一直是我的最爱，面对一朵朵灵动的桂花，我没有去摘，我怕弄痛了树枝。一阵秋风吹过来，树枝上那弱不禁风的娇小黄色花瓣，零零散散飘落下来，真像天女散花。花瓣掉在我头上、身上，轻吻着我的鼻尖。这也许就是传说中的"桂花雨"吧。我弯下腰小心翼翼将地上的桂化一朵朵捡起来，放在口袋里，那香气真的是令人陶醉……我的心情好像也明朗了很多，终于明白人还是要对自己好一点，因为没有人会把你当成全世界。此时的我心静如水，感恩生活中每一个美好的存在，感恩所有的相遇和陪伴。我深感每个人的生命里，必须要储存一份真诚，一份感恩，一份挚爱，一份慰藉……

第二辑
DI ER JI

"网事",并不如烟

春天的谎言

自在飞花轻似梦,无边丝雨细如愁。

春天,大地迎来又一个万紫千红的季节。早晨,空气像过滤了似的格外鲜爽清新,太阳的柔辉照在脸上暖洋洋的,小鸟在树枝上叽叽喳喳闹个不停,像一群顽皮的孩子在嬉戏。春天,风追着雨,雨追着风,风和雨携手追赶着天上的云彩。春天是播种的季节,春天是缠绵的季节,春天是神秘的季节,春天更是个令人动心的季节。

记忆的潮水,也容易在春天的时候复苏,汹涌澎湃。

2007年春天,我在腾讯论坛任版主,当时还创办了鑫缘文学论坛。鑫缘文学论坛有位版主的网名后带着数字68,大家就称他为68。68和女网友莲心都是论坛上的优秀写手。读他们的文字,能看出这是一对情侣。他们在论坛的签名档里都是一朵出淤泥而不染的莲花,这更是让网友们一眼便能看到他们是一对深深相爱的情侣。

一天,68向我推荐莲心任版主,我希望他们能成为论坛里一道亮丽的风景线,便把他们安排在了同一个版面——心情随笔。

人们每读到那情深深意绵绵的文字,总有几分羡慕他们,整个论坛都充满着相亲相爱的温馨和浪漫气息。日子也在大家的羡慕和祝福声中偷偷溜走，一转眼就是 2008 年的春天。

新年伊始，万象更新。可大家突然留意到在"心情随笔"版面只能看到 68 在独自忙碌——也许莲心还在过年吧，不便上网。大家有了想当然的答案，便没有去问问 68。两个月一晃而过，可论坛里还是没有看到莲心的影子。第一次版主会议 68 缺席，这可不是 68 的性格。大家都知道他酷爱文字，痴迷论坛，对版务工作认真负责。没有特殊的事情，68 不可能缺席新年第一次版主会议。

第二天，我 QQ 上线便看到 68 的留言：不好意思，昨天晚上没有参加版主会议，因为我病了，病得快撑不下去了。好好的 68，突然间得什么怪病？我急切地盼望 68 上线，好问个明白。但我苦苦等待了三天，才看到 68 终于上线了。我着急地询问，68 只是连连发来大哭的表情包，没用文字解释到底发生了什么情况。我耐心地鼓励 68 坚定信心，早日战胜病魔，68 突然发来一行字：莲心走了。

我恍然大悟，原来 68 失恋了。

我立刻拿出多年在论坛摸爬滚打的经验，以看过的无数篇网恋故事最后的结局为底气，安慰和劝告 68：走了就走了啊，这有什么呢？网络本来就是聚聚散散、分分离离，不要少见多怪了……我一个劲儿地打字，说了无数，但 68 默然不语，我只好又追问一句：莲心到底去哪了啊？

"莲心去另外一个世界了！"

看着这一行字，刚开始我怀疑自己是看错了。我不敢相信自己的眼睛，使劲揉了揉泪眼，更是感觉被当头一击，又如冬日里被一盆凉水从头淋到了脚。

莲心在一个月前因白血病离开了人世，20 多天以后，莲心的姐姐才在 QQ 上给 68 留言告知，因而他甚至没有机会去见莲心最后一面。68 把自己关在房子里，几天时间没吃没喝也没睡，混混沌沌的，所以也没能来参加版主会议。

莲心还这么年轻呢，说没就没了，生命怎么能这么脆弱？好好一个人，连再见也没来得及说，怎么说走就走了？我泪眼婆娑，在电脑前敲打着文字，鼓励68要振作要坚强，莲心已经到另一个世界去了，我们应该为她祈祷，不要太伤心难过。她也不会愿意看到你这样的消沉。

后来，68依旧坚守在论坛，且他请求保留莲心的版主，期望每天都能看见莲心的名字还挂在版主栏里。68想就这样天天守着莲心。从此，大家天天都能从论坛上见到68那如诉如泣的文字，68还用莲心的ID去一一回帖。

由于我与管理员有保密约定，论坛里的其他网友们并不知道莲心的离世消息。论坛上的"每周一歌"栏里有两周的歌曲都是68为莲心点的，分别是《我多想抱着你哭》和《车站》。那年，这两首歌是我听得最多的歌，也是让我最伤心的歌曲。直到现在，我再听到这两首歌时心还会隐隐作痛。

时间一直向前，不会为谁驻足或者倒流，有些人注定就是生命中的匆匆过客，有些人会随风而逝。但我们会藏匿痛苦，忍受煎熬，使论坛里依旧温馨快乐。慢慢地，68又活跃了起来，大家惊奇地发现68在与一名新注册的女网友丹丹很亲近。据说丹丹就是68拉来论坛的。我私下问68，丹丹是否知道他和莲心的事。68说，丹丹知道莲心，也一直在安慰和陪伴他，才使他走出痛苦的泥沼，给予了他活下去的勇气。

莲心已经走了，这是无法挽回的事。68能够放下莲心，走出阴霾，走进新的生活，确实是可喜可贺的事。但68如诉如泣的文字依然在流露出悲伤，总是在诉说莲心是他今生唯一的至爱，他不会再爱上任何人了。我不禁有些凄楚，为他的这种落寞黯然神伤。

可是接下来，有一次我偶然要处理论坛事务，进入管理员后台居然看到了IP地址，发现丹丹就是莲心。用莲心QQ登录的丹丹，其实就是莲心，给 68 留言自称是莲心姐姐的人就是莲心本人。莲心还活着！莲心得白血病离开人世是纯属虚构的！

莲心为什么要用这么残酷的谎言来骗 68，折磨 68 呢？

后来我才知道，因为莲心和 68 天各一方，在现实中两人根本就不可能走到一起。但莲心见到 68 是琼瑶笔下的那种痴情男儿，实在没办法提出分手，所以选择了如此残忍的方式让 68 对她死心。

此事已过去了整整八年，一直到现在，我也没有告诉 68 真相。

这就是一个爱的谎言，其实和春天无关。

红网十年

　　湖南红网 17 岁了。2018 年 8 月 25 日，我也在红网论坛坚守已整整十年。十年，弹指一挥间。

　　自 2004 年起，我一直在腾讯论坛任版主。2007 年，我创建了"鑫缘文学"论坛。圈子里的网友几乎都是外省人，使我感觉自己像个游子，因此在十年前的秋天，我百度了一下家乡的论坛，一眼就看到了红网论坛。

　　走进红网论坛岳阳版，我就像那个在外流浪多年的孩子回到了温馨的家。当时的岳阳版除现版主外，还有屹林。在帖子里的点评交流中，屹林对我这位新朋友亲切友好，使我深感红网版主的热情好客，让我有宾至如归的感觉，不，应该是回到家的感觉。于是，我便直接就留在了红网论坛。

　　既然留下来，当然要好好表现，特别是支持版主们的工作，支持版面的繁荣与活跃，奉上一篇原创文字是我的"见面礼"。接下来，我每天处理完鑫缘文学论坛的版务之后就会来到红网论坛玩儿。记得我还跑到了株洲版面，正值时任株洲市纪委书记杨平实名上网，我也回过他的帖。而杨平对网友们的回复均用敬称"您"，真是彬彬有礼、可亲可敬。红网论坛的氛围不错，版友们互不相识，只是在帖中相遇，但互相回敬，既温馨又甜蜜。

别小看论坛回帖，即使是区区几个字或者几十个汉字，但基本可以看出回帖者的多种素质。真可谓"文由心生"。十多年以来，红网论坛始终红火，一直经久不衰的原因就是有大批优秀的管理员和版主，以及忠实的版友们在支持，我也与其中一些打个照面，比如说红网论坛的中坚力量"我是老杨"。如果不是对红网有着超常的付出，网友们哪里可能会如此铭记于心？比较熟悉的管理员有贺姜华、向黎安、赵鸿颖等。版主有屹林、爱心接力007、力宝、贪官落马、梅园老恺、老马识途123、廓斐、吴大哥0、胡道仙子、湘江诗人、西域潮人、迷底、巴山、pcbee、王排、我是芳草、UID：80311、彭银华，等等。版友有姜灿辉、yinzhijun0737、李强牛、千年飞山、茂盛草、梦越芳园、郑明安、冰凌花OK、壮哉潇湘、云中飞侠、呐喊的呼声等。这都是我十年当中在红网论坛相遇的朋友。当我开始打字，记忆之门就自己打开，一个个熟悉的名字会自动蹦出来，显现在指尖。当然，十年太长，相遇太多，总还是会有一些重要的名字可能一时遗漏，但要一个个清点，却也不是件容易的事，那就随缘吧。

红网已成生活中必不可缺少的一部分，上红网论坛是我的习惯，是我人生旅途的精神伴侣。我像一条鱼儿，遨游在红网论坛的海洋里。水是活的，层层波浪随风而起，伴着阳光跳跃，伴着我的心，在追逐嬉戏。在湖南官网的论坛园地里，我在不知疲倦地寻找自我，既获得了知识，又开阔了自己的视野。

红网，你是我的挚爱。

你的她找到了吗

自踏入网络，我就和论坛缘定三生，经历了数个论坛，也参加过无数次征文活动，然而最令我难以忘怀的还是2007年"中秋国庆"双节征文活动。

那年的征文活动收到了无数投稿，征文帖铺天盖地砸向论坛，让身为评委的我目不暇接。中秋节前一天，一篇文章深深地吸引了我，作者"阿累"，真是一个挺奇怪的网名。我在群里见过阿累聊天，觉得他略有点儿玩世不恭。阿累的征文是写他苦苦追寻的女朋友最终毫无结果的故事。阿累说和一名女网友已有三年的恋情，到了谈婚论嫁的阶段，但由于阿累的过错，他们发生了激烈的争吵，女朋友一气之下远走高飞离开了阿累。她删除了一切联系方式，然后"人间蒸发"了。阿累在文中痛心疾首地向她认错，求她回到自己的身边。

阿累就这样找遍了无数个论坛，说找到天涯海角也要把女朋友找回来。

看完阿累的帖子，觉得他也实在不容易。虽说我们素不相识，但同情心还是油然而生。看到这样的帖子，我千开导万劝慰地给阿累回过几次帖子。

后来阿累又一连发了八篇帖子，我对他的每篇帖子都用心回复。或者说，我对每位参加征文活动的帖子都在认认真真地回复。后来阿累加我为 QQ 好友，我也通过了，但隔了几天阿累便要求和我视频，我一贯拒绝视频，这次却经不住阿累的死打烂缠，破天荒开了一次视频。

据说，人与人之间的关系有机缘概率。两个陌生人相遇的机缘是两万分之一，成为朋友的机缘是十万分之一，成为知心朋友的机缘是五十万分之一。按这个概率，我和阿累应该是两万分之一吧。谁知接下来的日子，阿累竟天天要和我视频，他哭着、喊着、叫着、跳着，就像个"疯子"。于是，阿累在我的 QQ 里刚好待了二十天，便被我删除了。

征文评选时，该投票的我还是投给了他。但面对他的纠缠，我是敬谢不敏。不知道他的前女友，是否也正是烦他这样才选择离开的？

失去一朵花，还有整个春天在等着你。

以诚待人，要学会友善；曾经拥有的，需要铭记；不能得到的，何必强求；目前拥有的，请好好珍惜；既然已失去的，便只能回忆。多尊重他人就是在尊重自己，要想别人尊重你，你首先就得尊重自己。

其实，虚拟的网络世界和现实生活一模一样。

45 天之缘

> 有些人和事已经过去很多年,我以为自己早已经把这些人和事封存起来,可记忆库却像个顽皮的精灵,时不时地抛点什么出来,撞击着我的心……
>
> ——题记

初入 QQ 论坛之前,我已担任心雨文学论坛的版主半年,其实很想去腾讯论坛的文学版面,但老天爷给我开了个玩笑,朋友盛情相邀,我不得不来到了腾讯论坛"青春中国"版,也就和你结下了 45 天之缘。

那天下午四点半,朋友发网址让我去腾讯论坛"青春中国"版应聘版主。我快速地浏览论坛之后第一感觉就是"冷清",唯一的帖子是你转载的一篇图文,加上了"荐"和"精"。

我并不想去当这个版主,就对好友说:"今天晚上写行不?"

朋友坚决反对,说:"现在就写。因为明后两天是周末,我不能上网。现在立刻就写,我五点下班。"

朋友盛情,我却之不恭。无可奈何,我只好花二十分钟写好了申请。

第二天清晨六点,我第二次进入这个论坛,并发了第一篇帖子,但上午八点去看，发现我的文章还静静地躺在那里，零回复。这时，有管理员申请添加我为QQ好友，并一口气询问了我很多问题，等我认认真真答完，管理员比较满意，说会尽快安排我上任。

九点，我上任版主。

我的ID和你的ID并排在版主栏里。

我瞧了瞧自己发的帖子，这时便看到了你的回复："恭喜新斑竹上任，希望新版主写一篇以后如何发展本版面的稿子。"

大家都是版主，我头天上任，你怎么能指派我呢？我看完以后相当不爽，感觉就像新媳妇过门头天，婆婆见面就劈头盖脸来一句："欢迎你嫁到我们家，赶紧去厨房把碗洗了！"

相识是缘，朋友是缘，共处一个论坛更是缘。我信缘、惜缘、随缘。虽说网络是虚拟世界，你我共同管理一个版面也可算同事，我破天荒地加了你的QQ，进而发现你是同乡，于是亲切的感觉又多了一分。

主动加一个男人的QQ，已经是太阳从西边出来了，我还主动向你问好，期望好好聊一聊版面的发展与管理。可当我发出"你好，真高兴我们还是老乡"的信息后，你却立即回了一句："有事吗？"

一盆凉水，将我从头淋到脚，也冷到了心。

16日上任，版主培训班是25日。尽管我之前在别的论坛做过版主，但与QQ论坛的操作仍有天壤之别，坦白说在这里我是一窍不通的小白。你发了一个网站给我之外，什么也没教给我，我该怎么办？该做什么？我真是一筹莫展。于是，我请你帮忙把我那篇文章操作一下——新版主上任，自己的文章静悄悄地躺着，真有点儿尴尬。面对我的请求，你无动于衷、不置可否。眼见我的文章扔进了版面，溅不起半点水花，特别喜欢哭的我，这一回只好将泪水吞进了肚子里，擦了擦眼泪，对自己说，世上无难事。

从此，我什么都不再问你。

后来我才知道，上任当天无法获取版主权限是网络故障。

接下来的 45 天，你天天在论坛挂着，很少下线，但 45 天时间你给版友回帖共计 5 篇，版面上忙里忙外的就我一个人，你只是时时提醒我少加"精"和"荐"。

即使这样，我还是习惯于每天在版面上看见你的名字，直到有一天，突然发现你的名字消失了。你辞去了版主之职，而我依旧落泪不安，为了我们在版面相处的这 45 天。我含着泪水写下一篇祝福帖，有不舍，更有我最真挚的祝福。而你，终于在我的祝福帖里又回复了一次，这是你给我的第二个回复，就这样为我们 45 天的同事之缘画上一个句号。

第三辑
DI SAN JI

旅途，踏歌而行

"新马"纪行

一、开启"新马"之旅

  我们伟大的祖国,经济发展、民族团结,各项事业兴旺发达、蒸蒸日上。随着人们生活水平的不断提高,旅游已成为人们最常见的一种休闲方式。我也加入了旅游行列,就连旅行箱都备有两种,出境游使用30寸的红色旅行箱,国内游使用26寸的紫色旅行箱。

  这次去新加坡和马来西亚两国游,30寸大红旅行箱将闪亮登场。

  我是名副其实的手机控。多年以来,我使用手机写空间日记、写博客、发微博,和互联网结下了不解之缘。出国得使用国际流量啊,我在黄花机场就买好了新加坡和马来西亚两国无限制流量的电话卡。晚上10点,航班从黄花机场起飞,航程约4小时。晚上坐飞机,透过窗户往上看,快翻白眼了才看见窗外的月亮。它似乎动了恻隐之心,点亮了所有星星。淘气的小星星好像也在和我捉迷藏,跳来跳去、时隐时现。别人是雾里看花,我是云里雾里看星星。那感觉就是在有雾的时间去郊外看星星一样。

  时间过得很快,在和同伴们的谈笑中,4个小时一晃而过。透过机舱的小圆窗俯视，能看到城市，隐约中有星星光点，那是整齐的街道。这是几年前"马航失联事件"引起过全世界关注的地方，马来西亚的首府——吉隆坡。

凌晨2点多，我们在吉隆坡下机，排队进行入境安检。走到安检处，工作人员们在"哇哇哇……"说着英语，而我们却完全不知道他们在说些什么，我们只好也边打手势边"啊啊啊……"，他们也不知道我们在说些什么。这情景像极了一个疯狂的哑剧舞台，大家都努力地比画着，希望能传达意愿，或者看懂对方的手势。马来西亚的女生们长得漂漂亮亮的，但她们会用头巾把头包得严严实实，只露出美丽的大眼睛和高挺的鼻梁。再说，得到了太阳太多关爱的地区，皮肤一般都会黑很多，但泛着亮色，看起来很健康。

接机导游是位年轻帅气的阳光男孩，他先自我介绍，说他姓张名楹翔，是马籍华人。马来西亚的华人非常多，普通话也很标准，让我们备感亲切和方便。凌晨4点，我们终于办理好了酒店入住证，但6点就得起床，也就是说根本没有什么时间可以好好休息。

进了房间，我在里面转了两圈之后，开始准备白天的行程。

有人说，旅游就是花钱买罪受。在我看来，人生本来就是有得有失。

二、好奇宝宝们的第一天

一早，张导游和大巴司机如约而至。

30寸的旅行箱，我从酒店拖出来，还得搬上大巴车去，这是我在旅行中最担心也是最艰难的事情。马来西亚的大巴司机是马来人，他从我们每个人手中接过箱子，一个一个搬上车厢，整齐摆好。难题立马解决，我瞬间便对马来西亚这个国家充满了好感。

满满一车中国游客，大家热情高涨，直到张导游开始提问，问大家对马来西亚有什么了解。我反应超快，第一个抢答，逗得全车人捧腹大笑，旅行就是要在这样欢快愉悦的笑声中进行。

旅行车在服务区停下来，导游招呼大家下车透气。一下车，我们惊讶地发现有不少人正坐在地上用手抓饭吃。我忍不住想偷拍个照片，但被他们马上发现，我有点紧张，可他们并不责怪，反而还摆开了造型，连说"耶耶"。我赶紧抓拍了几张，然后朝他们说"Terima Kasih（谢谢）"，他们笑得更开心了。

"Terima Kasih"在马来西亚语是"谢谢"的意思，张导游刚在车上教过大家，我这是现学现卖。张导游说，"手抓饭"是当地人的习俗，见多了也就不会觉得奇怪了。

今天的行程是从吉隆坡前往新加坡。张导游在车上为大家介绍马来西亚的风土人情和文化。张导游是马来西亚的资深导游，他的讲解非常专业，我听得很认真，不是传说中的那种"上车睡觉，下车拍照，回到家什么都不知道"的游客。新加坡在马来西亚半岛的最南端，两国之间一水相隔，但中间修了一条长堤往来。之所以不能叫大桥，是因为"桥"是那种"凌空"的，而"堤"是从海底填上而建。这道连接两国的长堤可能只有五百米长。许多人白天在寸土寸金的新加坡工作，晚上则返回马来西亚的住处，过境很方便，路程也近，只需要散步似的走十多分钟就行了。

不过，从马来西亚的北部吉隆坡到新加坡还是挺远的，飞机直飞需要两小时，旅行大巴则需要跑七小时以上才能抵达。

新加坡物价贵，人们在新加坡上班赚钱，然后在马来西亚消费，这是最划算的。为了方便消费，我们都会在张导游手上换一些马币做零用钱，当时200元人民币可以换到110元花花绿绿的马币。

三、牛胖胖

一个汉字一个故事，一座城市一段历史。

因一道海峡而蜚声世界的马六甲，荷兰的红屋……

一路上，张导游教给大家很多日常用语，如新加坡通称女性为"胖胖"，男性为"短短"等。说实话，张导游送我们入关的时候，真感觉他是在送亲人朋友远行，多么不舍啊。就这样，张导游和司机将大家送到了新加坡海关的门外，艰难的入关体验又在等着我们。新加坡海关好像什么都不许携带，旅客们只需要带上护照和钱就行了，我的口香糖只好先寄存在张导游那里。

下午5点，大家抵达新加坡。细细一想，不到24小时，我们就走了三个国家，真是太有趣了。

在新加坡，地陪导游是位40多岁的"胖胖"，她一副雍容华贵、精明能干的样子。只见她用一张餐巾纸包着话筒，手老是攥着话筒动个不停，仿佛是扭着条蛇的七寸；她像一个能遮住太阳的庞然大物，有着公主一般让人难以亲近的态度。还好，我们在新加坡只有一天一晚。

随着胖胖的引导，我们前往圣淘沙。圣淘沙作为新加坡的首座综合娱乐城，耗资65.9亿新元建造，堪称世界级的奢华度假旅游胜地。当然，夜幕下的圣淘沙的确魅力无比，美得醉人。

节庆大道位于圣淘沙名胜世界中心地带，是一条集购物、餐饮、娱乐于一体的世界级娱乐大道，也是各国游客的主要集中地。节庆大道还是时尚奢侈品的销售之地，国际大品牌概念店在这里一应俱全。娱乐城里灯火通明，我在这里拍下了会变幻色彩的"鱼尾狮"，商场里的巨人雕塑"胖胖和短短"，以及大象表演。

胖胖说，明天还会有更牛的节目在等着大家。

四、新加坡花园之旅

大清早胖胖和司机来酒店接旅行团，但团里却有位大龄游客忘记了交房卡。怒气冲天的胖胖扯开嗓子大声呵斥之后，竟然还批评起了国内的旅行团领队周涛。周涛这个湖南辣妹子被惹火了，于是据理力争，团友中的湖南人也是不遗余力地帮腔，使高傲的胖胖无可奈何地低下了头。

这一路，大家和大巴司机闲聊，知道他是退休后再返聘的。司机说新加坡的旅行车司机是规定了要帮游客搬运旅行箱上下车的，而中国的旅行车司机却没有这个硬性规定。

在鱼尾狮像公园，胖胖给大家约定了在一个小时后到指定的椰子树下集合。因为还要去网红榴梿冰激凌店，所以胖胖再三提醒，如果在规定时间内没有赶回来集合，便过时不候——回头别说没有吃到新加坡的网红榴梿冰激凌。

为了品尝到新加坡的网红榴梿冰激凌，大家马不停蹄的浏览和拍照，像在与时间赛跑。跟团旅行，其实也就是整天的忙着在各处景点打卡罢了。

鱼尾狮是新加坡的标志。鱼尾狮朝东，据说是最吉利的方位。全身洁白的鱼尾狮向着东面，口中常年喷出一股清水，双眼含笑、毛发丰美，鳞片银光闪闪，白色水花日夜不停地从狮口喷洒而出，流向河汇入海，为新加坡这个繁华大都会增添了一道亮丽的风景线。游客们忙着选取各种方位给鱼尾狮喷出的水拍照、合影。水是财，意为接财接财，于是人们伸长了手掌去接水，并拍下照片。

与鱼尾狮遥遥相望的是滨海艺术中心，这是新加坡的地标建筑，它外形奇特，宛若两只巨大的榴梿，于是有不少人称它为榴梿艺术中心。鱼尾狮正前方是号称当今世上最昂贵酒店的新加坡滨海湾金沙大酒店，酒店的室外泳池建在55层高的塔楼顶层，高度为198米，是目前世界上同一高度最大的室外泳池——这座游泳池是奥运会泳池长度的3倍。宾客们在游泳的同时，还可以俯瞰新加坡的城市景观。

我不得不惊叹，新加坡有这么多的世界之最。

再美好的景色也只能匆匆欣赏，但好在我们全团都吃上了网红榴梿冰激凌。

时间一晃就到了下午五点，司机将我们送回海关，于是我们便结束了在新加坡的旅行，重返马来西亚。

像接亲人一样的张导游和司机早已等候在出口。人有时候就是很奇怪，新加坡和马来西亚对于我们来说都是"外国"，可看见张导游在出口接我们的一瞬，就像见到了久别的亲人，他在热情又亲切地欢迎着我们"回家"。

张导游爷爷是广东人，当年他爷爷驾着小船漂流到马六甲，后来就在此地安家，现在张导游是名副其实的马来西亚人，但他的根毕竟还是在中国。在许多马来西亚华人的心中，与中国和来自中国的旅客之间，冥冥之中自有亲情在。

五、名副其实的海景房

车窗外，公路两旁森林茂密。张导游告诉大家，这一望无际的绿色是棕榈林，而且是闻名世界的"马来西亚棕榈丛林"。

棕榈林生机盎然，让人过目难忘。棕榈树十笔直，树尖上缠绕着像头发一样的棕毛，就像是一把大伞在撑起一片天空。

张导游一路介绍风景，又热情地回应我们的询问，还感慨地说：因为中国越来越强大，让海外的同胞们都可以昂头挺胸做人了。我听着，总感觉鼻子酸酸的，心在隐隐作痛。

晚餐后，我们入住海景房酒店。以前旅游我也曾住过海景房，但这次可是名副其实的海景房——房子建在海里，客厅是用玻璃铺的地板，玻璃下就是蓝蓝的海水。这海水无暇、透明、纯洁、安静。于是我心想涨潮的时候，海水是否会从阳台上灌涌进房间呢？多么美的大海啊，夜里我不想上床睡觉，坐在玻璃地面上盯着，看着海水缓缓涌动……

六、马六甲海峡

清晨，和煦的阳光透过稠密的棕榈树叶洒落下来，变成一块块金色的光斑。但美景不容陶醉，张导游和司机已准点在酒店大厅等候了。

今天的行程是传说中的马六甲海峡，我们可以站在海岸远眺灯塔，或者下海捉螃蟹，甚至在碧海蓝天下扑进海水与鱼群同乐。我居然勇敢地玩起了摩托艇冲浪。在跨上摩托艇的那一刻，为了充分享受冲浪的刺激，我把生死交给了那位素不相识的马来西亚骑手——海浪一个比一个高，鼓噪着、呐喊着，拼命地要亲近我、拥抱我，好像要把我强行拉入到大海的怀抱。

坐香蕉船是此次旅行中最惊险刺激的游乐项目。在不经意间，船就把大家全都掀进了海水中。尽管在上船前，船家就已告知会将大家掀进海里，咱们都有思想准备，但此时被突然掀下去，还是惊恐万分，真正感受到了刺激和新奇。

之后，我们游览太子城，参观首相署。浓浓的绿道被芭蕉树包围着，排列成了一条全长 4 公里多的林荫大道，直通太子广场。

通常的清真寺是以蓝色、绿色和金色为主，但水上清真寺是一座依水而建的粉红色建筑。粉红色的外表，使它成为太子城内最吸引人、最具代表性的建筑之一。

在马来西亚国际品牌的巧克力厂,生产车间的师傅们手把手教我们制作巧克力,还能写上自己的名字。吃着自己制作的巧克力,真是吃在嘴里,甜在心里,这感觉真是前所未有。

世界上最长的索道缆车直达神秘山顶娱乐城,山中云雾缥缈,令人有置身云上的感受,故称云顶。这是东南亚最大的高原避暑地,还有世界最大酒店——云顶第一大酒店。

七、刘姥姥进大观园

踏进云顶那一瞬间,我突然感觉自己穿越了,穿越到了红楼梦的境域。我一下变成了红楼梦里的那位刘姥姥。我惊异,我激动,我语无伦次……

在海拔1800米的高原上,有3栋34层,共计7351间客房的酒店,还有面积四公顷大的人工湖,环湖有娱乐场、高尔夫球场、温水游泳池、吊桥及空中缆车,还有小溪可供游人划船,有大型商场、美食、明星演唱会场所,以及马来西亚唯一合法的云顶赌场。我像置身于变幻莫测的云海奇观里,除了惊叹还是惊叹——一个晚上,我几乎都是在惊叹中度过的。

翌日早餐后,我们继续参观2011年落成的新国家皇宫。

国家皇宫坐落在吉隆坡大使路,又名苏丹皇宫,其雄伟的外观显示了君主立宪制在马来西亚具有崇高的地位。

我透过大门栏杆,静静地观望富丽堂皇的皇宫,看见里头有一面黄色旗子正随风飘动呢。张导游说,这表示苏丹正在家,如果旗子下降则表示苏丹不在家。

接着我们又参观了马来西亚国家英雄纪念碑、独立广场、黑风洞、双峰塔以及国家清真寺,其中独立广场是马来西亚每年庆祝国庆的地方。广场周围有许多具有历史价值的建筑物，成龙所拍摄的电影《警察故事》就是在此取景的。

一大群鸽子牵引着我的视线，拉住了要上山去看黑风洞的我。

鸽子密密麻麻，咕叽咕叽地叫着，像大片银灰色的花朵在地面开放。鸽子主人在撒食，我用手比画着想讨点鸽粮去喂鸽子，鸽主人便慷慨地抓给我一大把。鸽子们极有风度地踱步到我面前，在确定我的善意后，才一点点靠近，凑拢来品尝美味。

几天的国际漂游让我感触很深。生活的步履在于踏实，生活的乐趣在于追求，生活的安乐在于平淡。一次呼吸吐故纳新，一次远眺摇曳欢欣。此番，我体验了一座座城市的新奇，听过一段段故事的精彩，留下了一路欢声笑语。这是我生命旅途中的风景，也是我幸福快乐生活中的一环。

又是凌晨，飞机加速，机轮离开地面，机身一阵抖动，便腾空而起，吉隆坡的灯光愈来愈遥远，如同星光。我再一次隔着玻璃俯瞰那美丽的城市，终于说出了——再见，马来西亚！

四川之旅

  2008年5月12日14：30，我正在电脑前爬格子，突然感到椅子在晃动。我起身，把椅子翻过来看了又看，没有发现什么异常。可再坐上去时还是有点晃，我再一次翻过来，以为是椅子螺帽松动了，自言自语地说："今天到底怎么啦，椅子晃什么呀？"又继续坐着，这时显示屏也晃，而且越晃越厉害。我摸摸头，以为是没有午休有点儿头晕眼花了。难道是眩晕症恋上我了？恋就恋吧，反正我不会恋你，还是继续忙着打我的文字。

  大概过了20多分钟，我接到电话："四川地震了。"我恍然大悟，原来刚才的晃动现象是因为四川地震造成的。我马上去腾讯上看新闻，刚开始只有几十人遇难，随着时钟的指针移动，遇难人数急剧上涨。我祈祷，深深地祈祷灾难小些，再小些，愿所有遭灾的人能够得救！

——题记

  送走了炎炎夏日，秋天正迈着轻盈的脚步款款向我们走来。秋天是丰收的季节，也是令人伤感的季节。

秋风微微，飘落的树叶好像都带着一丝忧伤，不愿离开树枝。我同学来电话相约出去走走，老大不小的年龄，还是那么任性，说走就走。我们到旅行社报团参加九寨沟之旅，并商定必须去曾让我梦牵魂绕的汶川。当确定去汶川映秀镇时，我知道这会是一次心灵洗礼的旅行。

2015年9月8日下午，我们在绵阳下飞机，乘车前往汶川映秀镇。天空下着小雨，仿佛还在为那些遇难的同胞流泪。听着导游的讲解，我们离映秀镇的距离越来越近，心情却越来越沉重。我们到达汶川映秀镇漩口中学附近就下了车。映秀镇漩口中学是"5·12"汶川大地震的中心。我们走到漩口中学外，讲解员的声音更加哽咽，"首先我怀着一颗感恩的心为大家继续讲解，2008年的汶川大地震得到了全国人民的大力支持和关爱，在此我代表我们的同胞们谢谢大家！"

我们跟着讲解员，走进大门，首先映入眼帘的是一面大大的破碎钟，而我在照片里看到地震前的漩口中学，根本没有这面钟。我纳闷着，那么沉重的气氛真的不适合提问，钟上面清晰地显示着地震发生的时间是14:28。导游说由于大地震，教学楼剧烈地摇晃，当时教室里的一面钟因为摇晃摔到了地上，于是他们把破碎的钟一片片拼齐并放大，做成现在的这面警示钟。看着眼前的警示钟，曾经时钟和分钟你追我赶的，一直不停地指挥着整个学校的师生作息。时钟的使命就是一直不停地跑回原点，日子却是一去不复返。可是，这里的大钟将时间永远定格，无数鲜活的生命也陪着时钟戛然而止。

我们来到这栋倒塌的教学楼面前，讲解员停下了脚步。他说地震那天，这个教室里面的师生正在上课，当老师第一时间感觉到地震时，他没有选择去救仅一墙之隔正在上幼儿园的年仅5岁的孩子，而是用肩膀顶着教室门，让学生一个个跑出去。当42个学生全部跑出去后，这位可敬可爱的老师被倒下的门墙压住，再也没有起来，死时年仅33岁。而他年仅5

岁的儿子也陪他一起进入了天堂。那一刻，我的眼泪再也无法抑制地往外奔涌。虽然这些我曾在电视上看过，但当在现场看到倒塌教室的实景，心痛之感、敬佩之情却仍然无法用语言来表达和形容。这些钢筋水泥的废墟，似乎在向我们诉说这里曾经书声琅琅，水泥柱也拼尽了最后的力气支撑着楼板。我眼前仿佛浮现出那位年轻的老师的身影，他目送着他的最后一位学生跑出教室，感到自己没有辜负"人民教师"这四个字，带着微笑离开了这个世界。我双手合十，默默地对曾经用生命做支撑，舍身护生的老师和教室遗存默哀3分钟，为献身的老师和他的儿子祈祷。

我们来到教学楼后面，这里曾经是学生们生龙活虎、欢声笑语的地方。老师在此传道授业解惑，学生书声琅琅，而现在是一片荒寂。那些东倒西歪的教室门和窗户随着主人的离去，它们也无精打采、委身于地。讲解员告诉我们，为了保存这些濒临倒塌的建筑物，只能在那些建筑物的底部都进行加固。

教学楼的右边是公共卫生间。因为卫生间空间较小，受力较均衡，所以倒塌较少，而且当时正好是上课时间，卫生间里几乎没有学生。这里曾是下课时间学生飞奔的地方，现在人去楼空，连门窗都已弃置一地，空洞洞的窗口无不诉说着曾经的惨烈场面……

再往前走就是女生宿舍，是倒塌得最严重的地方。女生宿舍一、二两层已经全部塌进地面之下。另外，这座宿舍楼像揉面团一样彻底倾覆，其惨烈场景让人震惊。我不敢想象，也不敢去回忆曾经在新闻里看到的画面。多少条鲜活的生命，在这一刻戛然而止。

冉稍稍往前，就走到一面硕大的记事墙前。讲解员告诉我们，这面记事墙是以国家名义修建的，主要由文字和浮雕两个部分构成。文字记录着大地震以及抗震救灾的一些情况，下面的浮雕则真实地再现了当时的情景，是战士以及医护人员共同运送伤员上飞机的画面。我问讲解员，为什么这面记事墙没有署名，没有落款，甚至连日期也没有。讲解员告诉我，像这样的碑在我国是级别最高的。截至目前，我国这种级别的碑一共只有两处：一处是人民英雄纪念碑，再有就是这面记事墙。也许是看到这面记事墙上的记载，讲解员声音哽咽，声音低沉了很多……

记事墙右边就是汶川地震纪念钟。我们在学校绕了一圈又回到大门口，一抬头就看到"沉痛悼念四川汶川大地震遇难同胞"的横幅。我们在讲解员那里知悉，漩口中学遗址已成为"5·12"汶川特大地震中，唯一完整保存的标志性建筑，成为那场特大地震的见证者之一。漩口中学共有学生1527人，教师133人。在大地震中有43名学生、8名教师、2名职工、2名家属遇难，27名学生、2名教师重伤。

一路走来，我的心情更加沉重。我平时最喜欢拍照，在这里没有一丝摄影的欲望，除了拍些景照外，人物照片一张也没有拍。我想无论在何处拍摄，哪怕有一丝笑容，或者摆一点姿势，都是对遇难同胞极大的不尊重。

虽然已经过了冲动、任性的年龄，但我这次随性的四川之旅，却是一次伤痛之旅，它让我感受到生命的意义。虽然心里有无数的泪水，但我决心今后会乐观处世，自己将会变得更为勇敢、更为豁达、更为刚毅坚强。我不会再去抱怨什么，只会更加努力不辞劳苦地工作。只要人还活着，就有创造幸福生活的机会。只有人还活着，就能享受到家庭的温暖和社会的大爱。活着真好。与其抱怨命运不济，不如每天做好自己的工作，活在当下。无论是贫穷，还是富有；无论是痛苦，还是快乐。活着，就是一种幸福！

齐鲁畅游

一、花絮

不知道为什么,我做事天生就喜欢扎堆。盼星星盼月亮盼了十年,我才盼到红网论坛生日。等了十年,那天却是我前往山东旅游的首日。

论坛生日是 2018 年 8 月 25 日。不料我在半个月前报的齐鲁游,出发时间也落在这一天。我早早地准备好"生日帖",以便在乘机前发出。激动人心的 25 日,款款踏歌而来。我似睡非睡,终于熬到了早晨五点,起床立刻打开电脑,直奔红网论坛,千辛万苦才将"生日帖"发布完毕,但红网却好像在和我赌气,怎么都看不出是否发布成功。整个早晨,我在客厅和电脑前来回穿梭。直至 8 点钟,我才在先生的再三催促中关掉电脑,恋恋不舍上车。

前往黄花机场的车在飞速行驶,我那颗悬着的心始终放不下。突然,我想起有存红网版主"贪官落马"的电话号码,于是毫不犹豫地拨了过去。听我说明事项,贪官落马笑着说:"你放心去旅行吧,我马上去论坛帮你处理。"不久,他给我发来帖子链接,说发布成功了。

我终于放心了，终于可以安心旅行，遨游蓝天自由飞翔啦！

黄花机场，一系列安检工作在有序进行中。我的双肩包放了很多东西，原计划是准备托运的，但到了机场，先生临时改变主意，要我随身携带。于是，在把行李箱托运完毕之后再去安检，随身的双肩包里却有洗面奶和洗发水，这都是超过容量、禁止随身携带的物品。好在机场的新规定比较人性化，以前是直接没收，现在却会开个单据，允许游客在一个月之内回来领取。

二、美丽的济南，我来啦

飞机轰鸣着在跑道上加速，然后缓缓地飞起来。我能明显感觉地球的吸引力在拼命地拽着飞机不肯放手。这时候，我的耳朵被震得嗡嗡响，好在口里嚼着准备好的口香糖，倒也不觉多么难受。我贴近玻璃窗向外看，地面上的汽车和楼房都变得极小，人变成像蚂蚁一样细微了。

飞机终于钻进了云层里，窗外一片白茫茫，仿佛我们正置身于雪白的棉花团里飞行。但往高空看，天空仍是纯净的蓝。明镜的蓝天，一望无际的白云，便使我们幻生已入仙境的感觉。

机场出口，地接导游已经拿着小旗子在等候。导游小巧玲珑，根本看不出一丁点儿北方彪形大汉的基因。导游清点人数，共 15 人，全是湖南来的。

我们等来了大巴车。一看司机，就知道是地道的北方人，他高大威猛，是典型的关东大汉，而且看上去还有点儿凶巴巴的。我马上想到，这次旅行我得压压自己心直口快的毛病，尽量少和司机说话，避免什么时候嘴快惹毛了他，说不定他会像老鹰拎小鸡一样，一伸手就把我拎起来扔了出去。

济南，是一座历史文化名城，城内名泉众多，是一座拥有"七十二名泉"的"泉城"，且以风景秀丽而闻名天下。据统计，济南有四大泉域、十大泉群、七百多个天然泉，这在国内外的城市中来说都极为罕见。济南还有举世无双的天然岩溶泉水博物馆。

有人说，如果到了济南而没有去看黑虎泉，那就等于没有来过。传说济南黑虎泉的泉水含有很多人体需要的矿物质，当地人都喜欢去接水饮用。导游告诉我们，有空瓶子的可以接水尝尝。我一听，马上就倒掉了杯子里的开水，决定把握住机会，品一品这大名鼎鼎的泉水。

黑虎泉的人真多，连去接水都要排队。当地人会提着大桶来打水，游客大都是接一小瓶尝尝。我接上一瓶喝了一口，凉凉的，真爽。

一路上，我品着清洌的泉水，随着导游到了大明湖。

大明湖位于济南市中心，是一处天然湖泊。影视剧里演绎说乾隆皇帝曾来此赏荷，遇上了出身闺秀的才女夏雨荷，并与她结缘。乾隆在一把扇子上画下"烟雨图"，并题诗"雨后荷花承恩露，满城春色映朝阳。大明湖上风光好，泰岳峰高圣泽长"，并送给夏雨荷。夏雨荷随即在锦帕上写下一首五言诗回赠乾隆，诗曰："君当如磐石，妾当如蒲草。蒲草韧如丝，磐石无转移。"

后来，夏雨荷在大明湖畔痴痴地等待了几十年，最终也没有再见到心上人的再来。

导游便调侃团里的男性，说夏雨荷还在大明湖畔傻等呢，你们快去找找吧。可是，当整个大明湖呈现在大家眼前时，无不被这景色吸引，谁也不曾记起那个夏雨荷了。

湖畔垂柳环绕，柔枝拂拂。茫无涯际的荷花池里，荷叶碧绿，是一个个碧玉盘，又是无数把绿绸伞。荷叶的颜色深深浅浅，翠绿、墨绿，亭亭在风里，就是一幅上好的国画。这景色太令人陶醉了。导游的一声喊，把人们从迷醉中拉回来，要集合了。猛然间，大家才记起要找找夏雨荷的话来。

济南的市树是柳树，市花是荷花，它们珠联璧合构成一道亮丽的风景线，体现在"四面荷花三面柳，一城山色半城湖"的诗行之中。济南的柳树很大，好像和湖南的柳树的品种有些不同。济南公路两旁、泉池周边都是绿色的长廊。人们在树下走过，呼吸的空气都格外鲜爽。柳树的枝条又细又长，一直从头顶垂下来，像仙女长发，在微风中飘拂，我们的心也就柔柔的，跟着杨柳枝在轻舞飞扬。

一天的行程很快就结束了，我们入住在同晟酒店。旅行团的项目中不含晚餐，我们需要自行解决晚餐问题。导游说过，到了济南一定要尝尝"把子肉"。这一天奔波下来，大家都正饿着，听说有"把子肉"吃，一个个马上就垂涎欲滴了。我们四处找有"把子肉"的餐馆，很顺利就找到了，坐等一盘香喷喷的"把子肉"上桌，我却只是尝了一小口。但眼见先生吃得津津有味，心想应该名不虚传吧。于是我去店壁上看关于"把子肉"的介绍——"把子肉"就是将肥瘦均匀的五花肉切长条，用麻绳捆在一起煮熟，再放在酱油中炖至酥烂。入口时，肥而不腻、口感极佳。

三、走不出的青岛

游一座城市，听一个故事。当我们还在回味着黑虎泉泉水的甘甜，沉醉在大明湖夏雨荷和乾隆的奇遇里时，还没有来得及细品这座古老又神秘的城市，飞转的车轮便把济南抛在了我们身后，开始向着青岛奔驰……

4个多小时的旅程，不知不觉中大巴驶上了跨海大桥。导游提醒游客们看车窗外的大桥，并说："你们湖南什么都有，就是没有海。"湖南深处内陆，人们旅行便喜欢选择沿海城市。自古以来，大江大河上都是修不了桥的，海陆之间修桥更是神话里才可能的存在，但到了高科技的现代，上天入地，几乎无所不能了。看，跨海大桥就在眼前了，而且我们要从桥上经过……

青岛海湾大桥又称胶州湾跨海大桥，是我国自行设计、施工、建造的特大跨海大桥，自青岛主城区海尔路起跳，经红岛到黄岛，大桥全长四十多公里，投资额近百亿元，历时四年完工。大桥左边是崂山。旅行车过了跨海大桥就进入青岛市区，参观的第一个景点是栈桥。导游神秘地讲，栈桥旁有个造价百万的洗手间。我好奇地进去看了看，似乎也没什么太特别之处。

到了栈桥，我被眼前的景象惊呆了。那是桥吗？那明明是伸入海中的一道长堤。栈桥上人山人海，水泄不通，先生要帮我拍照，但在拥挤的人群里挣扎半天，才拍到我的脑袋或挥舞的手。想拍张单人照，那得瞅准一个上好的空档才行。

栈桥是青岛的标志性建筑物，始建于清光绪十八年（1892年），是青岛最早的军事专用码头。接着，我们游览信号山，俯瞰青岛近海风貌，领略青岛独有的城区特色——红瓦绿树、碧海蓝天。一边在蜿蜒曲折的山路上行走，一路远眺胶州湾，看波翻浪涌，天海一色，令人赏心悦目、流连忘返。

下午的活动，是参观青岛啤酒二厂。导游说，青岛啤酒新鲜好喝；青岛人爱喝新鲜啤酒，一般啤酒从厂家至店家再到顾客手中，不会超过24小时。导游甚至夸张地说，青岛人喝啤酒就像吃新鲜水果，而其他地方喝啤酒就相当于吃水果罐头。参观完啤酒生产线，肯定是要品尝纯生啤酒的，也许是酒逢知己，也许是免费的缘故，也许是的确很新鲜爽口，我们旅游团都喝了一些啤酒，甚至还有两人因为贪杯而喝醉了。比如我——本想喝一杯试试味道，结果也多喝了两杯，幸亏没有出洋相。

夜幕下，青岛五四广场上人头攒动，夜色之美令我无法形容。那一盏盏璀璨华灯照彻整个广场，在人们的心头流光溢彩。而目光尽处，黑天黑海，于远处合为一色，海天一色，山水也融为了一体，我沉醉在这美好的夜景中不愿离去，甚至觉得青岛之美更胜济南。

四、夕阳下的烟台

27 日，已入秋 20 天了。今年是酷暑，令人时常大汗淋漓，用手一摸，哪儿都是滚烫的、黏糊糊的感觉。出来旅游原是想逃离长沙城的秋老虎，谁知这海滨城市的秋天，也是热浪猛如虎。

今天的首站是参观青岛德国总督楼旧址。博物馆也是历史遗址博物馆，导游边走边讲，我们就跟着导游走进了这座"德国总督楼"。这是一座最具代表性的德国风格建筑，在历史、艺术与科学价值等方面都能体现出西方建筑风格的流变轨迹，能典型反映 19 世纪与 20 世纪之交，德国乃至欧洲建筑思潮的特征。

我们慢慢地边走边看，那些装枪的柜子里面有长枪、短枪，能让人瞬间产生穿越感。柜子的设计看上去没有锁，其实暗藏玄机，里面有三道锁。总督卧室的设计更是独具匠心，在外面任何子弹都射不到卧室，因为有空隙的地方就会有大圆柱子挡住，使整个卧室成为射击盲点。总督夫人的梳妆台还静静地陈列着。女管家的房间要比主人房间低三米，也就是常说的"低三下四"的意思吧。过道有一个很大的舞池，可以让人遥想一下这里曾有的灯火通明、裙裾飞扬……

从总督府出来，继而参观"中国第一钢塔"——青岛电视塔。

青岛电视塔耸立于榉林公园内的 116 米高的太平山上，塔身之中有一直径 10 米，高 90 米的玻璃幕柱，有三部电梯和一个爬梯，坐电梯可以到达 130 米高的塔球里眺望远方。在塔球里上往下看，整个青岛尽收眼底。

按其综合功能的设计来说，青岛电视塔仅次于法国的埃菲尔铁塔和日本东京电视塔，居世界第三。

我们上塔前本是艳阳高照，等入塔时却下起了小雨。站在观景台上隔玻璃向外望，雨点击打在玻璃上噼噼啪啪跳跃，然后在玻璃上滑落，绘成了一幅优美的秋雨图。雨滴、雨丝，伴着瑟瑟秋风，渐渐将整个天空揉成一片氤氲，青岛就置身在朦朦胧胧的云烟环绕中，像个姿态曼妙的害羞少女。

浏览完这两处景点，我还在如梦如幻的感觉里不能自拔。这一切的一切，真是一轴美丽的画卷，是在清明上河图里行走那样的感觉。

意犹未尽，旅游大巴就把大家带到了海阳市四星级的海怡大酒店，酒店距离海边不到一公里。已经下午五点多，我们放下行李便直奔海边，首先是要海吃海喝一顿海鲜大餐，然后才在海边漫步、听海。

夕阳映红了海水，海浪一浪接一浪地拍打着沙滩。我脱掉鞋子，赤着脚和沙粒进行亲密接触。沙粒暖暖的，软绵绵的，海浪还在一个劲儿地拍打，吐出柔软漂亮的白沫儿来亲吻我的双脚。沙滩上，许多游客都在追着海浪，进进退退，一片欢叫。对于海，我更像是"叶公好龙"，海很美，但我是不敢走到更深的海水里去的。

落日下的海水，也是那么碧蓝。面对大海，我感觉自己是如此的渺小，如尘如沙。大海浩瀚无边，在天的尽头还是海，只有一轮红透透的落日，在海平面上跳跃，那是夕阳与海浪的游戏吧。

遥看水天相接，天原来可以那样低啊，水原来是这么蓝啊。我就这么傻望着，沉醉着，不自觉地便将所有凌乱的思绪都抛到了九霄云外。

五、太阳升起的地方——天尽头威海

今天的行程，是要投入海的怀抱。可是天公不作美，下起了小雨。

第一站是捕捞。我们穿好救生衣上船，船家会让我们亲手完成打捞。我和燕子大声呼喊着，使劲将笼子拽出水面，笼子里面有海星、螃蟹、海螺、鱼、贝壳等。海星就是一个硬邦邦的五角星，我还以为这就是块好看的石头呢。当然，我并不知道它的名字是海星，还怀疑它是珊瑚。当我找老船长要来袋子，并用餐巾纸把五角星包好塞进包包时，老船长大呼道："这样包着它会死掉的。"啊！一尺长的惊叹号都难以表达我当时的惊讶程度。我傻傻地说："这不就是一个五角星的石头吗？"

老船长说："你们那里没有海，连海星都不认识呀？"经过老船长讲解，我这才知道五角星叫"海星"，也是一种海洋动物，它是有生命的。

这时候，我开心的劲头儿就甭提了。因为我们同团的，只有我拽上来的笼子里有一个海星，而且它超大超漂亮。我站在船头对着海面张扬地呼喊，海上蔚蓝的天空上飘着一朵朵洁白的云，还有海鸥。海鸥可能听懂了我的叫喊，它就绕在我头顶飞来飞去，还发出"哇噻"的惊叹声。

现打现捞，热气腾腾的海鲜大餐已摆在桌上。我们也顾不上淑女形象了，直接动手抓着吃。太新鲜了啊，想一想都能让人垂涎欲滴。太美味了啊，香气浓郁滋味甘甜……我没有时间描述了，我得赶紧吃，要不然好吃的就被团友们抢光啦。

饭后，雨还在下，但这也阻挡不住大家要下海去浪一番的决心。

所有人都换上了游泳衣，直奔大海。游泳我们估计都不怎么行，但坐上摩托艇去海里劈波斩浪也很爽啊。香蕉艇、脚踏车全部疯玩一阵子，让自己当成大海的女儿，深深融入大海的怀抱。

"成山头"又称"成山角"或者"天尽头"，位于威海荣成市成山镇，因地处成山山脉最东端而得名。成山头三面环海，一面接陆，与韩国隔海相望，仅距94海里，是中国能最早看见海上日出的地方，春秋时称"朝舞"，有"中国的好望角"之称。

一块挺拔的大石直立在我面前，上面三个大字让我望而却步——天尽头。我只能站在原地静静凝视：一片碧蓝大海托举着你，你托举着蓝蓝的天空，高高的山峰为你坚贞不渝，坚毅的巨石为你默默守候，浪涛击岸的动听音乐为你欢呼。我也想为你们欢呼。

六、八仙过海——烟台蓬莱

济南、青岛、海阳、威海。

向一个城市说再见时，另外一个城市就在与我接近。今天的行程是烟台蓬莱阁，第一站是养马岛。去养马岛又要经过跨海大桥，我们在桥的这头，养马岛就在桥的对岸遥遥相望，若隐若现。车开上跨海大桥，车内又沸腾了。大家欢呼，是真的心潮澎湃，这可能就是跨海大桥的魔力。跨海大桥把海岛和陆地连接起来。蔚蓝的海水平波如镜，远山秀色倒映其中，宛若一幅山水画卷展现在大家眼前。

相传公元前219年，秦始皇东巡途经此地，见岛上水草丰美，视为宝地，便传旨在此饲养战马，并封为"皇家养马岛"。岛上有秦始皇的雕像，还有一匹高大威猛的大马雕像扬蹄腾立于空中。

参观完养马岛又前往蓬莱八仙广场，"八仙过海"大型雕像屹立在广场中心。背靠大海，八仙个个栩栩如生活灵活现，我双手合十算是给八仙打招呼了。八仙过海景区又名八仙渡、八仙过海口，坐落在山东蓬莱市北黄海之滨，与丹崖山、蓬莱阁、长山列岛隔海相望，游览面积五万多平方米，主要景点近四十处。周围海域大高水阔，景色壮观。春夏之交，常有海市蜃楼出现，奇景虚幻缥缈，美不胜收。八仙过海是一种流传最广的汉族民间传说，导游也仔细给我们讲解当地八仙的传说由来。

我坐在船尾端，海鸥在头上盘旋着，我招呼着海鸥，海鸥也通人性似的，总是会飞到我触手可及的距离。看上去，三只海鸥就像是在追随着我，我也冒险拍了一段视频。随着船航行，我从不同角度欣赏着海风、海浪、海鸥……我的心醉在了无边的海里。船在海里绕了一大圈，正准备打道回府时，船家突然指着对面对我们说，那边就是渤海。那我们现在的地方是什么海呢？船家说，这是在黄海止点和渤海起点交界上。

我这还是第一次听说黄海和渤海的交界，就像是一片大海，海面像有一根绳子在隔出来分界，其实黄海和渤海的海水是交融的，就像一对孪生兄弟，心心相牵、血脉相连、情同手足。

坐晚上十点的船，第二天早晨四点就能抵达大连。可能因为船只是行驶在海里，网络都没有信号。但这样的地方，我根本就睡不着，先生在上层床呼噜连连，我却只能随着轮船的"嘟嘟嘟"声，数着"一只羊，两只羊，三只羊……"，突然间，我好像置身于无边无际的草原，眼前一片翠绿，幽幽的草香扑面而来，一轮红艳艳的太阳正从地平线上冉冉升起，为草原镀上了一层粉金色……

七、军港之夜——旅顺

凌晨4点，天还未露出鱼肚白，我们已到达一个还未睡醒的城市，空气中多了几分清爽，纯净得让人心旷神怡。大连的接班导游早已候在闸门外，满面笑容地接待团友们，热情地帮我们把行李箱一一搬进车厢。

天未亮，早餐店也没有开门。街上是静谧的，当第一缕晨光射穿薄雾，街上便迎来了一个温馨的早晨。在早餐店里，导游亲手为我们端来丰盛的早餐，使得这个深秋的清晨有了几分温暖。

大连，这是我心中最恬静的海滨城市，茂盛的龙柏树托举着这座传奇城市的天空，座座高塔都在诉说着这古老城市的历史。大连是我国北方年轻的港口、工业、商贸和旅游城市，她位于辽东半岛的最南端，被黄海、渤海所环抱。它气候宜人，是座充满生机和活力的城市。

我们参观了关东军司令部旧址，就是传说中的旅顺口和旅顺潜艇博物馆。导游说，有位老奶奶在参观潜艇之后突然放声大哭，因为老人家的孙子就在潜艇上工作。我们走进潜艇里，才深深感受到潜艇兵是多么不容易，在那么狭小的空间里，四周全都是设备，夏天的时候里面的气温最起码都有四五十度，现在我们只是进来随便走走，参观十来分钟，都感觉好难受，有一种透不过气来的窒息感，而潜艇上的官兵们却是要连续数月在艇内工作和生活，这真是常人无法想象的艰苦啊。

我们进入潜艇巡航模拟馆之后，能看到潜艇慢慢下沉，旁边海水里面的珊瑚、贝壳、海鱼活灵活现，真正体验到乘坐真潜艇的那种感受——我国自主研制的33型潜艇载着我们从旅顺军港启航，在浩瀚的大海中历经各种艰险，惊涛骇浪中携着朝阳和晚霞伴我们同行，潜航时有很多暗礁和巨鲸让我们既惊心动魄，又心旷神怡……

作为游客，我们是在游玩，而当我走出来时，内心已然无法安宁。我们的祖国如今是多么强大啊，对中国梦的实现和中华民族的伟大复兴，我也有了更多的信心。特别是在模拟馆，看到我方击中敌方潜艇时，都不知该用什么语言来表达内心的激动，只能"嗷嗷"地尖叫，眼里的泪花更是滚滚而下。这就是我对祖国的强大所发自肺腑的表达。

带着难以平复的心情，我们又参观了东鸡冠山日俄战争旧址，包括东鸡冠山堡垒、日俄战争陈列馆、130毫米海岸炮、炮台、指挥室、炮台坑道等，这些历史的点点滴滴，好似在向我们诉说着曾经的过往……

旅顺闯关东民俗文化村是电影《闯关东》的拍摄现场，拍摄的场景将抗战年代闯关东人的市井生活演绎得生动而真实。一听说有道具可以随心所欲地拍照，我就像打了强心针一样，心情一下子从阴霾转为明媚。

走进闯关东民俗文化村，一座综合 20 世纪 30 年代到 40 年代的旧关东民宅和山东胶东民居特色的旧式建筑群便映入眼帘。这里，可以亲身感受"闯关东"的民俗文化。在这里，我也终于知道了电视上的有些镜头是怎么样来的。以前看电视我老是想，那么穷的地方，土砖房子、破烂不堪的街，导演得上哪里找这样的场景啊，原来这都是精心打造出来的道具场所……

八、回家

早晨 5 点我们前往机场，赶 6 点 50 分的航班回家。

大连周水子国际机场是国内唯一离市中心最近的机场，两年后这个国内的唯一也将成为历史——机场要搬迁。

飞机上，我思绪万千地细数这次行程，济南、青岛、海阳、威海、烟台、蓬莱、大连，7 天 7 座城市。虽然旅行是疲惫的，可是我也学到了很多东西，见识到了每座城市的不同风景，品味到了不同城市的不同文化。

(该文发表在 2018 年第 10 期《北极光》杂志。)

走读苏浙沪

一、传说中的上海

春天，是花朵绽放的季节；春天，是求实勤奋者的季节；春天是万物复苏的季节。虽然过了任性的年龄，随着春天万物的复苏，我沉睡已久的恣意之心也被唤醒，干脆率性而行，往上海来了场说走就走的旅行。

上海，是中国共产党的诞生地，是我国的中心城市、超大城市，是经济、交通、科技、工业、金融、贸易、会展和航运中心，是首批沿海开放城市，是一座国家历史文化名城，拥有众多的近代城市文化底蕴和历史古迹。去上海看看，是很多人梦寐以求的事情。我从小就向往去"人间天堂"的大上海玩玩。曾几何时，国人以自己拥有来自上海的物品为荣。谁拥有那些贴着地地道道"上海制造"牌子的物品，就等于见过大世面，那就是身份的象征，甚至有了在大庭广众之下炫耀的资本。

2015年我和几位同学去某地旅行，接机导游接到我们，登上大巴车后见12人都是湖南人时调侃说，今天晚上她要接两个"傲腿团"（"傲腿"长沙方言指"有本事"），要我们坐一边，留一边给另一个"傲腿团"。我们都挺好奇的，不知道另外那个"傲腿团"是何方神圣。导游给我们揭开谜底，说另一个"傲腿团"是8个上海人，没和我们在同一个酒店入住。说起上海人，我想起湖南经视台播放的《逗把街》，节目里孙科长的老婆贾老师就是地道的上海人，她给人一种趾高气扬的感觉。

2017年3月，春姑娘无声无息地挤开了季节的大门，给心情沉郁的人们一个灿烂的笑容。我们携着激动的心在春风的引领下，顺利地登上了长沙飞往上海浦东机场的航班。

走出上海机场的大厅，地接导游举着一面小旗子正在等候，她笑眯眯地走过来，并做了自我介绍，说她叫许敏，是接下来几天"水乡之恋"旅程的全程地陪。我随意瞄了一眼这位传说中的"上海人"，她身材高挑，一件军绿色风衣再配上长长的绿色丝巾，清澈的瞳孔，弯弯的柳眉，长长的睫毛微微颤动着，头上还扎着长长的马尾辫，就是一副精明又干练的样子。凭我多年的旅游经验，这应该是位资深导游。

一位资深导游，再加上有点傲气的上海人性格特征，这次咱们的"水乡之恋"将会成为一次怎么样的旅行呢？估计是有得受了。我不想主动和许导游打招呼，只是笨拙地随着她的脚步，来到了机场外，等候旅游大巴来接。

初春的夜晚寒气袭人，冷风直扑过来，感觉上海要比长沙还冷。我不禁打了个寒战，心里期望这天气要能暖和一些才好。突然间，我听见了一句"外面很冷，你们要把衣服扣起啊"的嘱咐。我再三确定，没错，这温馨的提示是许导游说的。大巴师傅把车开过来了。我们赶紧上车，一个多小时后，便到达了入住的酒店。许导游将大家一一安排好，并叮嘱我们好好休息，准备明天正式的上海之旅。

二、中国馆

天上下着蒙蒙细雨，小雨点打在车窗玻璃上，慢慢聚集成一条条雨丝,挂在车窗外。整个城市被雨雾笼罩着,让这座城市更加妩媚迷人,让我更加想一睹为快。

行程的第一站是上海迪士尼乐园小镇。敬业的许导游举着话筒出口成章,一路上绘声绘色地为我们解说——以前,我们要看迪士尼得去香港,上海迪士尼乐园于2016年6月16日正式开园,是中国内地首座迪士尼主题乐园,位于上海市浦东新区川沙新镇,它是中国大陆第一个、亚洲第三个、世界第六个迪士尼主题公园。

刚刚走进上海迪士尼小镇,巨萌的唐老鸭便立刻吸引了我的目光。我朝它直奔过去,要与其合影。唐老鸭坐在一汪绿水里,嘟嘟着嘴巴,手握成两个拳头,努力装出一副用力卖萌的模样,惹得大家哈哈大笑。迪士尼小镇的人工湖是上海迪士尼项目特别建造的,面积达40万平方米。这也许是迪士尼历史上最大的水景平台。虽然天公不作美,但小镇上还是人来人往,有的穿着雨衣,有的打着伞,还有冒雨前行的,照样热闹非凡。我们游览了小镇市集、百食香街、百老汇广场等。雨中游迪士尼,这也是一种意想不到的全新体验,所以我们也不觉得有什么失望。

第二站是中国馆。2010年上海世博会,一百多个国家展览馆在这座城市拔地而起。时间已经过去9年,所有的展览馆都已拆除,唯有中国国家馆——高高耸起、四平八稳傲立在我们面前。大红外观、斗拱造型。这是五千年中华文明奉献给具有159年历史的"世博会"的"中国红",是坚持改革开放的中国呈现给世界的"中国红"。中国馆以"城市发展中的中国智慧"为主题,由于外形酷似一顶古帽,所以又被命名为"东方之冠"。

回想起2010年上海世博会,当时我在腾讯论坛上海世博会贴图版面任版主,世博会的图片我在论坛里都见过,而现在当我真真切切地站在实体建筑面前时,更深深感受到了其巍峨壮观之感。中国馆,具有极大的震撼力和视觉冲击力。它的外形既像宝鼎,又像一盏巨大的酒杯,高高举起,盛情欢迎五洲四海的朋友；同时它又像一只展翅欲飞的大鹏，冲天而起，预示着中国将翱翔万里，称雄世界。这一切足以证明，我们祖国是一条正在腾飞的巨龙。我为我们的祖国而感到自豪，激动的心情无法形容。我们久久不愿离开，竟不由自主唱起"五星红旗，你是我的骄傲！五星红旗，我为你自豪……"此时此刻，没有哪句话比这句歌词更能表达我们对祖国的情感。

在一天多的时间中，许导游讲解专业，普通话标准，吐字清晰，字字珠玑，娓娓道来，我们感到非常满意。在车上，她自掏腰包用缅甸币作为奖励，时不时弄个小问题搞有奖问答。慢慢地，我们与许导游之间的距离越来越近，对她耐心的讲解，贴心的服务，常报以阵阵掌声。这时候，她就与传说中的"上海人"有点儿挂不上钩了，也许，过去是人们戴着"有色眼镜"看上海人吧。

许导游带着我们游览金茂大厦和环球金融中心。金茂大厦和环球金融中心像两个高大的巨人，巍然屹立，傲视群雄。我们乘坐每秒八米的电梯，登上了位于金茂大厦88层的观光厅，俯瞰着上海这座世界性大城市的雄伟、繁华。

早就听人说中国有数不尽的美景，而最美丽的地方就是上海外滩。当我步入上海外滩时，便能尽情地享受着她的美。夜幕下的上海外滩，高楼五颜六色的霓虹灯在闪烁，我心清如水，彻底陶醉了！我的心在随着霓虹灯跳跃，富丽堂皇的滚滚黄浦江永远定格在我的脑海里，让我如痴如醉般进入了梦幻般的世界……

三、千年等一回

繁华的大上海，这座举世瞩目的城市，似乎比其他城市醒得更早。昨天的浮尘还在空中飘荡，街上的人流就已经熙熙攘攘，道路上也已车水马龙。我们还没有来得及细细打量这座城市,就要和这座城市说再见了。

第二站浙江。车刚启动,"小喇叭"就开始广播啦。

"大家快看看,车窗外的别墅群……"许导游惊讶的喊声,打破了我的冥思苦想。车窗外,一幢幢具有乡村风情的别墅掩映在苍翠的树木之中,气派的大门,清新不落俗套,白墙黛瓦尽显雍容华贵,这里是赫赫有名的浙江桐乡。

桐乡境内地势平坦,河网密布,气候四季分明,自然环境优美,一派江南水乡景象,素有"鱼米之乡、丝绸之府、百花地面、文化之邦"的美誉。这里为全国主要蚕茧产区,年产2万多吨。许导游问我们,知不知道为什么有很多别墅屋顶上都插有小红旗?未等我们猜答,许导游便接着说,那是表示这家在孵化蚕宝宝,等于是在无声地婉拒任何客人来访。因为蚕宝宝很娇气,要在无菌环境下生长。

我看到还有些别墅的屋顶上安装着不锈钢圆球,且各家安装的数量也不一样。许导游笑着说,这一个钢球就表示有多少钱,当地人只要看屋顶上有多少个球,就大概知道这家人有多少钱。打个比方,如果一个球表示一百万,那么五个球就是五百万。如果是大球,则表示一千万。如果是一大四小,则说明这家人有一千四百万。很多人喜欢听许导游讲解风俗习惯,以满足猎奇的心理。听故事当然会是旅行的一大收获,但前提得是遇上一个优秀的特爱讲故事的导游啊。

在乌镇民俗风情馆,我们专程参观了现代著名作家、杰出的语言大师、无产阶级革命文艺运动的领导人之一,茅盾的故居。从这位文学巨人的故居出来,我开始自惭形秽,想想自己的文学水平,恐怕只能去染布坊当女工了……

到了浙江,如果不去杭州西湖转转,等于没到浙江。人们常说,上有天堂,下有苏杭。西湖一年四季的景色都很美,仲春的西湖更是美轮美央。我汇入拥挤的人群，漫步苏堤之上。苏堤像西湖上的一条绿色绸带，在我眼前迎风飘扬。我特别喜欢苏堤的柳树，看着那丝丝嫩绿的柳条飘拂，在水面上摇曳，婀娜妩媚，我真想扯一把柳条揽入怀中。我们坐上游船，看湖面上的野鸭子也在欢快地跳着、追着、嬉戏着，游来游去，细细的小脚丫轻轻地踩着水，水晕就一圈一圈地往远处荡漾开去。现在的西湖"断桥"并没有断。原来欣赏断桥之美得在寒冷的冬天，大雪覆盖了桥面，太阳出来以后，桥东边的雪融化了，而西边背着太阳则仍然被白雪覆盖，善于联想的人们便给这座桥起了一个很诗意的名字——断桥残雪。西湖素有孤山不孤、断桥不断、长桥不长的说法。

还有三潭印月，它呈葫芦状，下底是球形，上底是尖形，有两米多高。传说农历八月十六日，月亮便会映在三座石塔之间，好像有三十个月亮一般。当然，到西湖我最想看的是雷峰塔。

凝视着雷峰塔，再用手捧一把西湖水，自然而然就会忆起电视画面"西湖的水，我的泪……"唱起《千年等一回》，真会让人产生一种神奇的穿越感，仿佛看到了许仙在雷峰塔下，同作恶的法海殊死搏斗，最终打败法海，救出了白娘子，合家团圆。

四、遇难者 300000

小时候，我老是缠着父亲讲故事。慢慢地，我会把父亲讲给我的故事，再像模像样地讲给别人听。我家隔壁有位老奶奶，经历过裹脚的时代，她的脚是名副其实的"三寸金莲"。她老人家无儿无女、孤身一人，特别喜欢听我讲故事。那时候，父亲每给我讲一个故事，我都会找个时间，原原本本地给老奶奶去讲一遍。听故事、讲故事就成了我童年最开心的事。我清楚地记得，故事的开场白一般都是"从前……"

小时候我扫地偷工减料，被母亲追打，老奶奶总是会出面护着我。老奶奶听多了我讲的故事，她也想讲一讲。有一天，老奶奶突然说自己不会讲故事，只想给我说说她曾亲眼看见的事情。老奶奶说她见过日本鬼子，她是从死人堆里爬出来的，能活到现在是多么幸运。日本鬼子进村烧杀抢掠，她没有办法了，只好睡在死人身下装死，才侥幸躲过一劫。故事说得简单，但说着说着，老奶奶便悲愤地说，日本鬼子杀人就像杀鸡一样，他们把杀中国人当作一种乐趣。老人家亲眼看见日本鬼子将一个快要临产的孕妇杀死之后，用刺刀把孕妇肚皮划开，再将腹中的婴儿挑在刺刀尖上，跑着、追着、狂笑着……

这次旅行要参观侵华日军南京大屠杀遇难同胞纪念馆，于是我又想起了老奶奶说的这些往事。

南京大屠杀遇难同胞纪念馆的建筑物采用了灰白色大理石垒砌，气势恢宏，庄严肃穆。它是一处以史料、文物、建筑、雕塑、影视等综合手法，全面展示"南京大屠杀"特大惨案的专史陈列馆。进入第一扇大门后，矗立着一尊巨大的遇难者雕像，其中有一个婴儿趴在妈妈尸体上，还在吮吸妈妈的乳汁，看得让人心发抖，那是一种折磨人的撕心裂肺的巨大疼痛。

随着缓缓的人流，我们到了石滩，映入眼帘的是刻有"1937.12.13—1938.1"字样的高达12.13米的十字形标志碑，碑高象征着南京在12月13日沦陷。碑下方坑里铺垫着许多小石头。工作人员再三提示，不要去触碰地面上的石头，每一块石头就是一位遇难的同胞。这次大屠杀，"遇难者300000"。这是一个个鲜活的生命，是我们受苦受难同胞的血肉垒出的惊天数字！

我们挪动着沉重的脚步，一步步朝纪念馆走去，身边的气氛也变得凝重起来。当看到两名日本军官杀人比赛的照片时，我心中燃烧着怒火，真恨不能用手机砸碎相框，然后把照片踩个稀巴烂。这两个日本鬼子是野田毅和向井敏明，他们在进入南京城之前曾相互打赌，谁杀的中国人先到100人谁就赢，于是在上海到南京的路上，他们开始了杀人比赛，最后统计向井敏明杀害106个中国人，野田毅杀害105人。这两个臭名昭著的日本鬼子，最后被判犯有战争罪和反人道罪，在南京的雨花台执行枪决。

纪念馆里的图片、视频、文字，无不在诉说着侵华日军在中国犯下的滔天罪行。特别是那些视频让我们更加清晰地了解到南京大屠杀的悲惨，从中华门到内桥，从太平路到新街口，日军疯狂残杀我们的同胞，老弱病残一律不放过，烧杀抢夺无恶不作，大火连天，把整个南京城的天映得通红一片，惨叫声不绝于耳，万人坑中累累白骨，尸骸遍野，黄土吸尽了鲜血，却吸不尽人民的苦痛，吸不尽中华民族的冤屈。碑墙上密密麻麻地刻着遇害人的姓名，我在心中默默地为遇难者哀悼，四面的墙上贴着一张张照片，每一张都展示了日本曾在我们国家犯下的恶行……这样悲惨的史料，我实在无法继续看下去了，因为我的身子在发抖，我的牙咬得"嘣嘣"响，连蚂蚁都不敢踩死的我，现在只想拿刀去砍死那些万恶的日本鬼子。

……

经历了沉痛与悲愤的心灵旅程，我步履艰难地走出纪念馆，经过和平广场，抬头久久仰望巍然矗立的和平女神雕塑。我们要"勿忘国耻，珍爱和平"。这次旅行，是我旅游史上心情最为沉重的一次。我心里挥之不去的，就是南京大屠杀遇难同胞纪念馆。

我希望还没有去参观过南京大屠杀遇难同胞纪念馆的人们都去看看，如果你还是个有血性的人，就会更加珍惜革命烈士和同胞用鲜血换来的幸福生活；就会加倍认真学习，努力工作，齐心协力，振兴中华，把我们的祖国建设得更加强大。

香港之行

一

同学从香港旅行回来，告诉我说香港是名副其实的购物天堂。而且，在香港参加的旅行团就是要求购物，不购物不许出购物大厅，门口有专人把守，连上洗手间也不行。我一听，就有点望而却步了。虽然我还算是个购物狂，但要购我所购。如果被"绑"着购物，我还是会敬而远之。

香港像一位闻名已久的明星，远在天边又近在眼前，总让人心存惦念，好想去一睹其繁华，领略其独特的风貌。2013年，我终于下定决心去办好通行证，等待机会随时前往。

盼星星盼月亮，终于等来了可以去香港旅行的机会，我开始做旅行前的准备，首先就是要确保手机的网络畅通。为了能玩得痛快，我算是豁出去了，马上交足了话费，并开通了国际漫游。直到出行前的一天，导游才发短信让我准备一个英标转换器，这可属于突发情况了。

乍一看，我还云里雾里，难道在香港只能用英语吗？英标转换器是个什么东西，我向周边几个人打听，却没有人知道，于是去百度。所谓英标转换器，竟然只是一个小小的充电插头，于是我赶紧上街去寻找五金店，没想到店家却不知道英标转换器是什么东西。没有办法，我只好打电话去向导游询问了。导游回复说，那你到了香港再买吧。

湖南人去香港，首选是乘高铁到深圳过关。旅行团成员在早晨7点到长沙高铁南站集合、上车，三个半小时便抵达深圳。这时候，导游告诉我们说，参团成员都可以获赠一张港澳电话卡，可这时候，我的流量包已扣费了啊，真是心疼。

二

在我的想象中，深圳应该是人车水泄不通，厂矿企业比比皆是，空气满是雾霾。可当我走进这座城市，眼前不由得一亮——那一栋栋高楼托举着碧蓝的天空，一条条公路无比宽敞，高架桥横空跨越，街边商铺热闹非凡，路两旁还种满了漂亮的绿植，高大的树，矮小的灌木，五颜六色的花朵，衬托着欣欣向荣的城市精神。深圳，这个年轻的城市是全国四大一线城市之一，是当之无愧的国际大都市。

午餐过后，旅行团前往罗湖关过境，在香港的接关导游是个40多岁的女性。

晚餐后，我们入住五星级酒店。根据我的旅行经历，我已经习惯了酒店星级的名不副实，但这次的五星酒店却是名副其实，也是我旅游以来住过的最好酒店。酒店里住着来自不同国家的人，不同的服饰，不同的头发和皮肤的颜色，不同的语言，即使只是看着，也都觉得有趣。酒店还有一个意料之外的服务，就是每天都有十趟免费巴士开往尖沙咀。旅行团安排的第一天为自由活动，于是大家都乘坐免费巴士到尖沙咀去尽情购物，东西多得拎不动了，便坐酒店巴士返回。

我们的旅行团有 50 余人，配置了两位导游。除了给大家讲笑话，就是给大家介绍景点，服务真是很细致很周到的，体现出了两位导游的专业水平。而且，我最关心的进购物店环节也并没有传说中的可怕，购物会让导游开心，但不买他们也不会勉强。我还担心大家买少了会看导游的脸色，没有想到从几个购物店里出来，一看导游照样是笑容满面，继续带我们吃好的。这有可能是香港的旅游服务越来越规范，导游们素质得到了提升，也有可能是我们这个团的购物量达到了导游的预期吧。

出发之前，我还听朋友说到了香港要换些港币在手，但现在看来并非如此。所有商家都肯收人民币，但他们也只收百元一张的人民币，找零照旧是用港币，会按当日的汇率换算。后来我悄悄算了算汇率，觉得还是用人民币更划算。

第三天又是自由活动，一日三餐都得自行解决。早晨，我和先生在一个小区旁边找到一家早餐店，店家一见我们是外地口音，便非常热情地推荐特色食物。我赶紧问他，可以用人民币吗？店主说可以，但只收百元人民币，找零是港币。我继续问汇率，店家说是 1:1.1。于是，我和先生坐下来点餐，一共消费港币 89 元。但我到收银台付款时，递给她 100 元人民币，收银员却只找给我 11 元港币。我也不想同她发生争执，便礼貌地说："麻烦您请店长出来好吗？"一听我说要叫店长，收银员赶紧就补给我 10 元港币了。

三

一到香港，我就开始放肆地给亲朋好友打电话，本来是想好好地洋气一把吹吹牛嘛，但兴致勃勃地拨通电话，一直等到沮丧了都还无人接听。我百思不得其解，为什么亲朋好友都不接电话？后来，是闺蜜为我揭开了谜底，说他们都不接电话，因为担心是骚扰电话。原来如此啊，想想也对，平时我在家，看到奇怪的电话号码也一样不肯接听的。

因为我额外开通了流量，所以微信号、QQ 号在手机上都能照常使用，香港发的这个号码就只能用来打电话玩了，可是等我回家后查电话费，才发现除了用完六七十元的套餐流量之外，还消费掉了 150 元的国际流量。

那么，我就要在这儿温馨提示大家了，报了旅行团去香港的，即使人家不送电话卡，随便去街上买张 30 元的电话卡用一周也足够了。还有那个英标转换器，就是一个插头，因为香港使用插座是三个插孔，而我们日常使用的是两个插孔，带的充电设备不使用转换器就充不了电。这玩意儿，去境外旅行也是经常要用的，不妨买一个质量好的常备吧。

香港之行，让我感受颇深的是他们的生活最讲秩序，不管是公交还是地铁，只要是人多的地方，都会自觉排队等候。人们等红绿灯、过斑马线也都是有条不紊。我还留意到，香港人在车上是不吃食物的。据说，在车上吃东西和在斑马线上抢红灯均会罚款 1500 港币。这些都是在约束下形成的习惯，当然也是良好的习惯，这样的好习惯，希望咱们国家所有的地区都能做到吧。

第四辑
DI SI JI

邂逅，何以相忘

要想红　找当荣

我的常驻发稿媒体《洞庭之声》里有个一句话剧评栏目，我常会在其中看到邹当荣的名字。近半年时间，我和邹当荣每周均榜上有名。

20世纪90年代中期，《洞庭之声》准备出版一本《名言集锦》，向全国读者征稿。那也正是我投稿最疯狂的时候，便毫不犹豫地投稿了，且很荣幸，有4条投稿全被选中（征稿时每人最多投4条）。当我把那本梦寐以求的《名言集锦》捧在手上时，看到第一页的目录上有两位作者，第一位是邹当荣，第二位是蒋鑫爱，我一时竟激动得热泪盈眶。

现在，我还记得其中有一条，也是我自己的名言，曾激励和鞭策着我在人生的道路上努力前行。"别人嫉妒你，是因为你有能；你嫉妒别人，是因为自己无能。"——这么多年以来，我一直不去嫉妒别人。子曰："三人行，必有我师焉；择其善者而从之，其不善者而改之。"我遵从这一教诲，虚心向他人学习和请教，能较好地坚持不嫉妒这个原则，从中受益良多。

时间是一个伟大的作者，它同样也允许每个人都写出完美的作品来。20年前，邹当荣先生加入省作协，那年刚好24岁。时光荏苒，他现在已经集明星、导演、作家于一身。因为有过一面之缘，我有他的手机、QQ、微信等联系方式，但他是大名人，我也从不冒昧打扰。2016年，我在当荣传媒有限公司见到了这位传奇人物，让我惊诧万分的是，他居然没有一点儿架子，非常平易近人，还在忙碌中为我端茶倒水。

邹当荣生于1975年，看上去却像是刚过而立之年的小帅哥，本想照个合影，但由于他通宵达旦地工作，当时还在休息，合影留念的事便放下了。也就是这年，邹当荣要我建个"邹当荣电影湘阴群"，我马上就建好了群。他笑着说，等微信群满了500人，他就来湘阴拍电影，演员就在湘阴选。可是后来发生了一点意外，此事就不了了之了。

邹导是个大忙人，我一般不会去打扰他，但为了我那当群众演员的梦想，我还是每天都在拼命帮他点赞。只要见到他发朋友圈，立马点赞后不管三七二十一就转发分享。因为邹导说过他记性不好，三天没有和他"说话"，他就可能会忘记。好吧，我就多点赞，刷个存在感好了，这也是我一直在为当群众演员的梦想而努力啊。

期待我的这一梦想能在不久的将来实现……

我眼中的一只鹤

"鹤",有猿鹤沙虫,或猿鹤虫沙,在《艺文类聚》卷九十中引晋葛洪《抱朴子》:"周穆王南征,一军尽化,君子为猿为鹤,小人为虫为沙。"

我的眼中也有一只鹤。

2018年11月30日,为纪念改革开放40周年,湘阴县文学创作座谈会暨《梧桐树》创刊首发仪式在湘阴宾馆举行。大会前一天,县作协同人在湘阴宾馆布置会场。忙碌的人群中,有一位小巧玲珑的女子正在搬凳子、抹桌子、摆杯子,忙个不停。她做事干练,穿着一条具有民族风格的红花中长袍,披肩秀发,十分清雅活泼。两道柳梢眉下,她的眼睛闪闪发亮;两片薄薄的嘴唇之间,朱唇榴齿;一颦一笑现出两个浅浅酒窝,让人觉得可爱可亲可敬。她,就是湘阴县作家协会主席湛鹤霞。

准确地说,这是我第一次亲眼看见湛鹤霞。在微信里,我一直称呼她为"美女主席",到底是美颜几何,却不得而知。大家都很忙,没有什么时间闲聊。网上见面,大多是礼貌性地问候一下了事。我还调侃过她,说:"当主席不就是在群里摆个'官'架子,指点指点的人吗?""我们连官都不是,哪来什么架子呀?大家一起玩文字,图的就是一个乐,再不要称呼我为什么主席了,叫我鹤子吧,我家人都这么喊的。"湛鹤霞的回答让我咋舌不止。这不正是我想要的吗？一直以来，我在互联网上天马行空，自由自在惯了，喜欢无拘无束。本来玩文字只是爱好，大家聚一起要玩得开心才是。鹤子，这个亲切的称呼既拉近了我与湛鹤霞的距离，也拉近了我们与作协的距离。

鹤子是一位公路、桥梁方面的工程师。她曾担任湘阴大桥和临资口大桥中心试验室主任。别看她娇小玲珑，工作起来却雷厉风行。抽样检测，她亲力亲为，从不听施工单位的"调排"。建设临资口大桥的时候，对检测不合格的部分，她能坚持让施工公司拆除重建。

2013年，鹤子在重庆广阳岛环岛路及综合管网工程项目部工作。4月18日，狂风暴雨、雷电交加，项目部遭遇龙卷风袭击而倒塌，鹤子被埋在了废墟之中。鹤子先是等待救援，等了约两小时之后，便在黑暗中摸索，她摸到了两双鞋子，一双穿在脚上，另一双套在手上，然后开始在窄狭的空间里慢慢挪开杂物，腾出一点空间。杂物里有电线，她手中套双鞋子是为了防触电。当时她也感觉到了恐惧和孤寂，但她勇敢地坚持自救，费了九牛二虎之力后，终于从废墟里爬了出来。项目部的现状惨不忍睹，刚逃生出来的鹤子看到有的同事浑身是血，于是她抛开恐惧，立即参与到了救援之中，协助救援人员将伤员们送去医院。

即便在这样危机的时刻，鹤子从废墟爬出来时也始终抱着工作用的笔记本电脑，就像搂着自己的孩子一样，她宁愿自己受伤，也不愿笔记本电脑受伤。后来同事们都笑她，殊不知她在电脑里保存了多少技术资料和文学作品。

我和鹤子相聚、聊天的次数不多，但感觉在她身上印证了一句中国的古话：人不可貌相，海水不可斗量。鹤子曾多次受邀赴上海参加《故事会》的研讨会，她的作品改编成剧本，拍成了电影《水牯子》，荣获2017年美国休斯敦国际电影节金雷米奖。后来，她又在《上海故事》发表了中篇小说《资江上的守庙人》，把湘阴的排鼓佬文化、洞庭湖文化、抗日、扶贫……融为一体，在文学世界里掀起了一阵小旋风。

小鸟依人的鹤子，才貌和智慧并存，善良和侠义同在，身上蕴藏着一种无穷无尽的力量。在湛蓝的天空里，我似乎看到了一只云鹤畅游天外，那像是鹤子的身姿在月韵中振翅翱翔……

（该文发表2019年10月30日《湘阴周刊》。）

点赞是一种礼节

随着互联网的迅猛发展，腾讯成为国内即时通信领域最大的垄断者。我从2002年接触网络，一直玩在网络的最前沿。腾讯几乎所有的企鹅产品，如QQ农场、QQ牧场、QQ餐厅、抢车位等我都玩到资深级别。2011年1月21日腾讯公司推出微信，我即用QQ号注册了微信，在当地我算是玩得特别早的。在我看来，会玩QQ的人绝对会玩微信，但会玩微信的不一定会玩QQ。随着微信的普及，上至耄耋老人，下至幼儿园的孩子都会玩了。我的微信不绑定任何号码，添加我的微信，必须是面对面添加。因此可说，我的微信好友是名副其实的朋友。

玩微信，时下流行的一种现象就是在朋友圈点赞（此点赞不包括微商和无聊刷屏者）。"流行"的定义是指一种普遍的社会心理现象，在社会上一段时间内出现或某权威性人物倡导的事物、观念、行为方式等被人们广泛接受、采用，进而迅速推广以至消失的过程，或称时尚。从某种程度上说，流行是一个时代的象征符号，是一个时代的缩影。

前段时间，湘阴资深作家张立人老师在我朋友圈点赞，我当即回复"谢谢"，张老师给我回复了一句最经典的话语，"不用谢，点赞是礼节又是教养"。从此，他说的这几个字，刻到了我的骨子里。中国是有着五千年悠久历史的文明古国，素有"礼仪之邦"之称。礼仪对每个中国人来说是十分重要的。无论是亲朋好友，还是与人打交道，都离不开礼仪。讲礼仪被认为是一个人有道德有修养的表现。教养其实是指在家庭中从小养成的行为的道德水准，包括家庭教育、学校教育以及社会教育。每个人除了教养还有修养，而修养是指人的行为和涵养，与人的性格、心理、道德、文化等有着紧密的联系，表现为人的综合素质。它是人们在人生旅途中勤奋学习和涵养锻炼习得的功夫，是经过长期努力达到的一种能力和思想品质的体现。

我们每天有忙碌的工作，生活节奏又快，大家在各自的世界里奔跑，随着微信朋友的增加，微信朋友就成了"点赞之交"。点赞一按即可，不费心思和太多的时间，操作也简单，随便就联系了一次，彼此互动一下，借此沟通感情，不失为一种好方式。朋友圈的点赞也并不是说哪篇作品或者哪条朋友圈非常棒才去点的赞。点赞其实就像在路上遇见了朋友打个招呼，就那么回事而已。也表示我在你的朋友圈，我还记得你。微信里不点赞的人有一种是情有可原的，那就是他（她）根本不玩朋友圈，而且自己也从来不发朋友圈。

我们要继续发扬中华民族的传统美德，做一个讲礼貌、懂礼貌的人。朋友们，不要吝惜你那个"赞"。不管是在网络世界还是在现实生活中，为我们身边的好人好事点赞。也许在恰当时机恰当地点为他人点个赞，就可能会改变他（她），改变生活，改变自己，改变社会。和谐是社会发展的基础，用心为自己身边的美好点个赞，你的心也会变得更加澄澈，更能感受这个社会的美好。

姜灿辉　诗坛里的快手

认识姜老师有 20 多年了，他岳母家离我婆家不远，姜老师还曾是我女儿的中学数学老师。那时候姜老师喜欢打麻将，而我家更与麻将有缘。在我的记忆中，姜老师在我家玩麻将，打到快吃饭的时候，经常听到姜老师的岳母隔墙喊他："姜灿，回来吃饭啊。"

我一直以为姜老师的名字叫姜灿，根本不知道他后头还有一个"辉"字。姜老师偶尔也在我家吃饭，我们就算是称不上朋友，起码应该也是熟人。

时间如白驹过隙。1 年，10 年，20 年，匆匆而过，仿佛就是一眨眼的工夫。谁的人生不经历风风雨雨，不遇到大大小小的困难？当我们都忙着在各自的人生旅途中艰难跋涉时，人和事都会慢慢交给岁月去沉淀或者遗忘。

2017 年，女儿告诉我，姜老师的诗写得蛮好，可是喜欢现代诗歌的我并没有立即去关注。过了一个月之后，女儿再次提到姜老师写诗很有名，在同学们的圈子里都快转疯了。听到女儿的言语里透着满满的敬佩和欣赏，我才说，那你把姜老师的诗发我看看好吗？女儿立马转发了一些姜老师写的诗作给我。于是，我顺着链接找到了《大别山诗刊》，姜老师是"诗歌大厅"的首席版主。

时隔不久，女儿又提起了姜老师，还是说姜老师被同学们传成了神一级的人物。好奇心驱使，我不得不在自己的记忆库里寻找姜老师曾经的影子。记忆模糊，可我仍记得他文质彬彬，说话轻声细语，走路不急不慢，有一股轻松惬意的气度。他戴一副眼镜，镜片后面闪烁出睿智的光芒，脸上总是挂着一抹淡然的笑容。想到这里，我马上拨通朋友的电话，问他有没有姜老师的电话，朋友说他只有姜老师夫人的。就这样，我和失联了十几年的姜老师有了新的联系。加微信后，姜老师马上将我拉进一个作家群。看见是作家群，我非常犹豫，多次说我不进群，姜老师就一直鼓励我。尽管我一直喜欢文字，喜欢写文字，近二三十年来，也一直是投稿"专业户"，但我总感觉自己要加入一个以"作家"为主的群还不够资格。

2018年中秋诗歌朗诵晚会上，诗友们完成诗歌朗诵后，一起尽情高歌。在激情澎湃的歌声中，姜老师独坐一边默默地玩着手机，没想到一下便在手机上写出了一篇深情浪漫的诗，令文友们叹为观止。这是一位什么样的诗人，在如此嘈杂的环境中，也可以写出如此佳作。

姜老师如今是一所乡村小学的校长。我以为小学校长会很清闲，可姜老师说他身兼数职，诸如食堂事务员、保安、清洁员、会计……而姜老师，却正是在如此忙碌的工作中坚持每日一诗，从不落下。

我还以为姜老师是从近几年才开始写诗，谁知他居然写诗近30年，从大学便就开始写，只是没投过稿。姜老师的诗都是写在日记本上。直到3年前，关公潭中学的刘灿副校长偶然看到了姜老师写的诗歌，在欣赏之余才建议他到网上发布。就这样，姜老师的诗走进了网络，走进了人们的视野。

每当群友们调侃姜灿辉老师为诗歌王子、教授、作家时，他都会腼腆一笑，说："我不是诗人，我只是尽量去表达心灵深处的东西，尽量让文字在朴实中闪烁卑微的光芒。诗一定要有美感，且想象力丰富。如果还能带给人思考，它就是一个很美的窗口。为此，我期待。在前行的路上，为了让诗歌绽放耀眼的光芒，我还要加倍努力！"

花嫂

麻将是常见的休闲娱乐活动。邻栋有一个麻将室,天天人来人往、络绎不绝,生意非常好。每次下班路过,我都能看见麻将室里那位能干的老板娘。老板娘看上去有五十多岁,从现在的模样能看出她年轻时是个美人胚子。老板娘热情好客,有人从门前经过,她都会笑呵呵邀着进去喝豆子芝麻姜盐茶,而且总是喝完了又随添,直至客人大汗淋漓,才算尽礼。

我不是正宗本地人,喝湘阴的特产"豆子芝麻姜盐茶"总是不大习惯。后来慢慢知道,花嫂和她老公都是退休人员,夫妻二人每月都有近八千元的退休金,开个麻将室纯粹是好玩,同时也方便亲戚朋友来时娱乐。花嫂眼角上有几条鱼尾纹,但眼睛里还有一股灵秀的神采,行为举止中透露出她精力充沛,活力无限,是个能干的女人。小区附近的人都喜欢到她门前去坐坐,时间也就在彼此笑谈声中滑过……

我的个性有点"两耳不闻窗外事",原也没怎么注意到麻将室的动静,直到半年前一个周末。那天清晨,我在小区健身,正悠闲地踢踢腿、弯弯腰时,一个身影经过我面前,我便瞧了一眼,只见这名中年女子躬着腰,手里拄着拐杖,正步履蹒跚地前行。她走一步停一下,脚还有点不受控制,时不时咳嗽几声,而且走不了几步,便想坐到旁边的花坛上休息一下。

"花嫂！"我试着大叫了一声。叫完了才大概确定，这确实是花嫂。

我简直不敢相信自己的眼睛了。眼前的花嫂，和半年前我见到的那个刚中有柔、柔中有刚，刚烈时不亚于须眉的花嫂判若两人。她已经挪到花坛边了，但她想坐下去却差点摔倒在地，我赶忙跑过去扶住，无不心痛地问："你这是怎么啦？"花嫂缓缓地说："我中风了。"我特别惊诧，问："你有高血压吗？""没有，低血压也会中风。"

我扶花嫂坐下，又问："你去年不还好好的吗？"

花嫂便慢慢地跟我聊起了她发病的经过。原来，她开麻将室的时候，能吃能喝，虽然六十岁了，但感觉自己有劲得可以打死一头牛，可是没想到，突然之间就变成这样啦。

花嫂还语重心长地对我说，一定要好好爱惜自己的身体，这世界什么都可以用钱买到，健康是唯一用金钱买不到的。"现在只要身体好，哪怕是要我天天去插田、扮禾我都愿意啊。"看到花嫂说着说着，眼睛里就漫开了泪水，平时自以为能说会道的我，此时却找不到什么词语来安慰她。我停了停，有点语无伦次地安慰她："花嫂，我告诉你一个精神胜利法吧。既然已经这样了，你就凡事想开点。除了积极求医，主要还是要将心态调整好，人坚强了，病魔也会退却。何况你现在还能下楼走走，比起那些只能长期坐在轮椅上的病人，还是要好得多啊。"我说着，看到花嫂流着泪，像个孩子一样勉强地点了点头。我不忍心继续说下去，也不知道要说什么话才好……

又一段时间没看见花嫂了。有一天，我依旧下楼散步，小区中心的花园里有许多弯弯曲曲的小路，用鹅卵石铺成，每天有不同的人在上面走来走去。特别是周末，人更多。大家在卵石路上走来走去，权当免费按摩。公园的小亭子里有长椅，人们爱坐在那儿聊东家长西家短的家常，好不热闹。花园中心有片空坪可以跳舞，但我并不喜欢跳这样的"广场舞"。秋高气爽，和煦的阳光透过稠密的树叶洒下来，变成点点金色的光斑。这美丽的秋色带给人们美的感受，让人流连忘返。

这时，公园里响起音乐声。我循声望去，成双成对的男男女女在花园中心裙舞飞扬。我以前爱跳交谊舞，韧带拉伤后便不能再跳舞，只能站在旁边欣赏。其实，欣赏也是一种愉悦的享受啊。正当我眼睛随着他们的舞步，心随着音乐一起起舞时，一位先生推着一辆轮椅车过来了。我仔细看了一眼，见坐在轮椅上的人耷拉着脑袋，看上去一点儿精神也没有，那双干瘦的手无力地搭在轮椅扶手上，好像是位耄耋之年的老人。正在我以同情之心看着这位"老人家"的时候，突然不敢相信自己的眼睛，且像被电击一般处于半痴呆状态。我猛吸了一口冷气，这难道是花嫂？

我像半截木头愣愣地站在那儿，再看，真是花嫂。这才几个月不见，她怎么会变成这个样子呢？

旁边站着的邻居告诉我，说一个月前花嫂就不能下地走路了，还不能说话，甚至躺在床上还不能自己翻身，需要别人喂饭、喂水，晚上每隔两个小时就得翻一次身，而且花嫂现在要靠抱起来才能大小便。家人每天都会推着轮椅到花园里来转两个小时左右。花嫂的儿子在长沙工作，又不能回家照顾她。花嫂经常是只能躺在床上，盯着天花板。花嫂的先生是小区里出了名的交谊舞狂人，他有时候出去跳舞了，花嫂只能独自待在床上，小半天也不见男人回来，隔壁的邻居经常能听见花嫂家里传出她的哭泣声。后来我又听说，没隔多久，花嫂就病逝了。

随着中国经济发展越来越快，人们的生活越来越富足了，大家都开始全面享受美好的生活，想吃什么就吃什么，随心所欲，也有不少人只管饱口福，却不能合理饮食，健康饮食。虽说健康不一定代表一切，但失去健康却会让人失去一切。眼见着花嫂失去健康之后，承受的身体和心理上的折磨，以及她的追悔莫及，我也不免后怕，平时对全家人的饮食、锻炼和健康更加注意了。

  我会时刻提醒自己，想要健康的身体，就必须从日常生活中的饮食、睡眠、心理、运动等做起，只有健康的身体才能让自己舒坦，并能让儿女安心地投入到工作和学习中去。我愿大家都健康，有强壮的身体，去建设我们的祖国！

  （该文于 2019 年 10 月在《唐山文学》发表。）

左公故里　　最美鹅形山

翻动季节的树叶，暮春的早晨阳光闪烁，天空一片湛蓝。小鸟哼着歌儿，飞来飞去，把美丽的广场当成自己绿色的家园。

玉兰花笑容满面，被风误读成了迷人的花靥。草坪里，一只只蝴蝶忽上忽下，这些闪烁的身影是今春久违的笑靥。我家在广场附近，这里是我常常报到的地方。因为疫情，前段时间我一直蜗居，随着疫情缓解，我就像一只久困笼中的小鸟，来到广场溜达。我喜欢一个人慢慢地走着、看着、欣赏着、遐思着……

"今天上午我们去鹅形山好吗？"先生的一个电话，将我从闲逛中拉了出来。"鹅形山啊，好，那肯定有鹅吃！"我雀跃。先生笑："鹅形山只有土鸡吃。""去鹅形山，我们为什么不吃鹅，要吃土鸡呢？"先生不愿磨磨叽叽，也懒得再做解释，便说去了你就知道了。其实，我早有耳闻去鹅形山的人都不是为了吃鹅，皆因那里风景不错。今天我心情好，故意调侃先生几句而已。

鹅形山，顾名思义，这个山的形状像一只鹅。鹅形山风景区是省级森林公园，位于长沙市以北、湘阴县东南部，与望城区、汨罗市交界，是晚清名臣左宗棠的故里。

20分钟后,我在先生约定的地点上车。车上有先生的老友屈正东和易亚雄先生。易亚雄号称是县国土局的"湘阴通"。屈总是长沙人,第一次上鹅形山。易总对开车的屈总说,上鹅形山的路很窄,而且七弯八拐,是考验他车技的时候到了。屈总是老司机,随着易总绕口令式的指挥而小心驾驶——"左转""右转""方向盘打死",动作都很到位……就这么抱着方向盘忙乎了一大阵,屈总说他紧张得都出汗了,甘拜下风,停车让贤,请易总接下开车的重任。易总开车很猛,车速飞快,偏偏山路坡陡弯急,这下轮到我们几个乘客出汗了。好在不多一会儿,车子就到了半山腰,这儿是易总姐姐家开的"开心农庄"。我们下车订餐,然后继续前行,去看风景。

"竹林!"见到满山的翠竹,我不禁高兴得大叫。

我从小就喜欢竹子,喜欢它坚贞不屈,刚直不阿。竹子破土而出,笔直向上、苍劲挺拔,给人无限的想象和启发。久居城市,小时候家门前那些秀逸的竹子,已成为我遥远的记忆。哇!这里一山又一山嫩绿色和墨绿色的竹子,在风中摇曳,发出动听的声响,太壮观了。我们下车徒步走进竹林——不,应该是投身竹海。

一股清新的竹香扑鼻而来,沁人心脾。春天生长出来的竹子很嫩,有一种无法逼视的美,它们一丛丛、一根根,青青的竹竿直冲云霄。地上铺着厚厚的竹叶,一层压一层,最上层的新叶绿绿的,绿得那么鲜嫩,翠玉一般。鸟儿在枝头叽叽喳喳欢快地叫着、跳着,小溪"叮叮咚咚"一路高歌,顺着地势流淌在山沟里。啊!这些蜿蜒的美丽青溪。小溪旁有个银白色的小水塔,水塔底下有两根管子一进一出,通向下方的居民家中。我数了数,旁边还有同样的六组水塔和水管通往下方,可以看出是一户一塔。水随着管子源源不断地流进住户家里,这是纯天然的山泉呀。

登上山顶,对面积翠如云的汨罗玉池山尽收眼底。登高望远,壮观的景象使我热血沸腾。我们席地而坐，竹子的淡淡芬芳又扑鼻而来，这里的空气格外清甜，浸入心扉。这是什么样的人生享受啊！我深吸一口新鲜的空气，把身心交给大自然，任轻风吹拂，让灵魂净化。

沉醉在天然氧吧里，我们乐不思归，不知不觉已是午餐时间。农庄里近70岁的易奶奶已麻利地端上了生姜焖土鸡、鲜笋炒肉、凉拌野蕨菜。开心农庄就是要让人开心的。为了让客人们吃得开心，农庄里都是土鸡自家养，蔬菜自家种，野蕨菜则是山上采摘的。这些菜，吃在口里，感觉就是不一样。

午餐后，我看到楼房旁有一台机器，压住了一层又一层白色的东西。我好奇地把忙得不亦乐乎的易奶奶找来，想问个明白。易奶奶说这是竹笋，就是把在山里挖出来的，刚刚破土冒尖的竹笋，剥去外皮，再切成块，放在锅里用大火蒸，最少要蒸煮5个小时以上，等竹笋冷却后就放在这台机器里榨干水，然后晾晒。晒干的竹笋就是干货市场里销售的那种干笋。不过鲜竹笋更美味易做，直接开水淖过再炒肉即可。

我的目光又移向车库里的一大堆竹扫帚，一看就知道这是易奶奶的杰作。我问她一天可以扎几个扫帚，易奶奶的回答却着实吓了我一跳。她一天可以扎60个扫帚。这是个什么概念呢？竹扫帚的批发价是10元，也就是她老人家一天能赚600元。易奶奶见我们感兴趣，便谈起了她的"扫帚经"。做竹扫帚的前期准备工作，是去山上捡别人砍竹子扔掉不要的枝丫，当然也可以自己去砍一些不会长成材的小竹丫。经太阳暴晒后，竹叶会自然脱落，然后分类，将竹丫稍短稍密的和长一点儿的分开。最后就是准备一些竹销和细铁丝。将短而细的竹丫在竹销两面铺好，用铁丝扎紧，之后再将较长的竹丫铺放在竹销上，再次用铁丝均匀扎牢。很简单，一把竹扫帚就扎好了。

易奶奶心里有一本细账：扎一把竹扫帚的本钱就是1元钱左右的铁

丝，一天赚 600 元，只需要扣除 60 元的铁丝钱，纯赚 540 元。

  我的心里对易奶奶充满了佩服。年近七旬的她看上去只有 50 来岁，容光焕发，精神十足，这应该是一方水土养一方人的缘故吧。易奶奶说，她主要的工作是帮孩子们打理农庄，偶尔有点儿闲工夫了才会制作竹扫帚。老人家的勤劳与健康真让我心生羡慕，感慨万千。

  鹅形山一行，既让我享受到了一顿农家美味，又让我的灵魂受到了一次洗礼。

（该文入围 2020 "重庆杯"《中国最美游记》第四届文学艺术大赛。）

此间曾著星星火

——湘阴"湖南省委旧址"巡礼

一个偶然的机会,我路过湘阴县老城区的三井头,车窗外一晃而过的"湖南省委旧址"几个大字引起了我的注意,可当时我正有重要的事情急着去办,也就没有下车探访。可是,"湖南省委旧址"怎么会在湘阴呢?在湘阴有多长的时间呢?是什么原因什么时候又迁离了湘阴?这些问题一直在我脑海里萦绕,找不到答案。

当"湖南省委旧址"再次进入我的视野时,我下定决心要进去好好参观学习一下,于是我就在门外拿起手机拍了起来。我边拍边思索,门上有铁将军把守,怎么进去?我找附近的居民打听,看怎样才能正大光明得进去。一位居民热心地告诉我,说这里有专人管理,有人参观他才会来开门。功夫不负有心人,我联系上了湘阴县史志办的吴水波老师。吴老师听说我要探访"湖南省委旧址",非常热情,县史志办的领导也给予了大力支持。

热在三伏,最热又是中伏。烈日如火,大地像蒸笼一样,热得使人透不过气来。敬业的吴老师不顾暑热,刚从长沙赶回湘阴就立即打电话给我。

我赶到湖南省委旧址时,吴老师早已在门外等候。我随他迈进旧址大门,堂屋里显得很幽静,倒不觉得烦热了。堂屋约 20 余平方米,两边分别摆放两张四方桌，一张桌上摆着把白色的茶壶和 4 只茶杯。陈设简朴，悠远而亲切，淡淡的光笼着，室内格外宁静。堂屋正中立着毛主席的半身铜像，铜像置放在一个黑色的墩子上，墩的正面刻着毛主席雄浑、大气的诗词《沁园春·雪》，念着这震撼人心的词句，细看主席像，只见他目光炯炯，面带微笑，令人心生无限敬意。于是我想起毛主席超越历史的宣言和改造世界的壮志，真可谓是洞悉未来啊。铜像两旁立着两根柱子，像两位将军顶天立地护佑。墙上的"徐正兴宝号"是那么耀眼，堂屋左边是个柜子，柜子上贴着一张大大的"酒"字，让我想起了苏轼那句"把酒问青天"。柜子里那鼓着大肚的坛子也在诠释着一段尘封的时光；那盏生锈的马灯在诉说着当年熬夜开过的会议；还有一只葫芦似的玻璃煤油灯，它记忆里如豆的光亮也曾是星空里最闪亮的星火。当我伫立在柜台前，革命前辈们忙碌的身影便显现在柜台前，正在为革命的胜利奔波。乌黑的木楼板镌刻的老旧印迹，飞檐翘角诉说着久远的故事。顺着木楼梯上到二楼，触手可及便是那些琉璃亮瓦，它凝结山河灵蕴，收藏了悠悠岁月，因而历尽沧桑，脉搏依然能跳得强健有力。革命者不老，革命者的精神亦不会老去。

吴老师带领我从一楼看到二楼，一一详细讲解，还提供了许多史料。他说，中共湖南省委机关于 1929 年 10 月从湖北汉口迁至湘阴县城，1930 年 5 月省委机关遭到破坏，所以又秘密迁往益阳，湖南省委机关在湘阴有 8 个月之久……

那么，省委回迁第一站为什么选择湘阴？

据《湘委回湘及在湘阴八个月》（中共湖南省委党史委研究员李仲凡撰文）介绍：1928 年 10 月，湖南白色恐怖十分严重，省委在湖南不能立足，遵照中央指示，迁往上海，后来因为需要就近指挥本省工作，1929 年 4 月又由沪迁汉，直至 10 月初，才由汉返湘。究其原因是：其一，党的基础好。湘阴1926年就建立了党的支部，10月建立县农协；1927年1月中共湖南区委派滕代远到城关，组建了第一届中共湘阴县地方执行委员会。随后，共青团、妇女联合会、教职工联合会成立，全县工农运动掀起高潮。马日事变后，被破坏的湘阴县委又重新建立，积极开展武装斗争。其二，湘阴是湘鄂赣、湘鄂西苏区的一部分。1929年5月在汉口举行的"省委第二次会议，就决定平江、浏阳划为特区，派蒋长卿驻湘阴，指导平、浏工作"。蒋长卿和唐季宗（省妇女运动委员会委员，蒋的妻子）在湘阴住了一段时间，了解到许多情况，也在群众中有一定的工作基础。同时，湘阴地处湘北，县城靠近苏区，处于湘鄂赣西苏区的交会处，便于联系指导工作。这里交通方便，有铁路和水道横穿县城。1929年10月2日，省委向中央报告："由汉口到湘阴有两只英国船（一秀山，二绥山）对开，三日内可轮流走一次，由汉口到湘阴的路费须七元（船票四五元，铺住一二元，及在船上的伙食），往返一次也只需十四五元"，也算便宜、方便。其三，湘阴检查不严："湘阴现在的环境非常之好，码头上下不检查，旅馆也不检查……以后交通二人，每月轮流至少可走三次，重要文件最好交通运送，但每月邮寄信件书籍不超过十次以上，收信处是不会发生问题的。"这是湘委回湘第一站选择湘阴的一个重要原因。

另据《中共湖南省委湘阴旧址的考证》，省委在湘阴的活动概况如下：

1929年9月8日，《中共湖南省委致中央信之湘委迁移问题》："湘委决定于9月底迁往湘阴（请守秘密），汉口于10月15日以前全体迁往。中央于9月20日以后来信，请寄湖南湘阴东门外堤街五号徐正兴宝号代收转王菊生先生收，间不必寄来汉。"

《湖南党史通讯》1987年第4期《土地革命战争时期湖南省委遭受六次大破坏的经过及历史教训》载："1929年9月底至10月初，湖南省委机关陆续从汉口迁回湖南湘阴。省委回湘后，进一步健全了组织机构，充实了力量，调整了领导分工。12月25日，省委在湘阴召开了第四次全会，从第四次全会后，省委各项工作有很大起色。湘鄂赣、湘鄂西根据地获得较大发展。"《湖南党史大事年表》（1929年）："12月25日，中共湖南省委在湘阴举行第四次全体会议，总结了省委三次全会后的工作，通过了党的路线与任务等五项决议案，改组了省委。宁卿迪仍为书记（宁去中央期间由蒋长卿代理），宣传部主任蒋长卿，组织部主任袁蔚如，秘书长兼农委主任章石川，职委会主任宁迪卿兼（宁去中央期间由袁蔚如代理），妇委会主任钟有恒。此时，全省有近六千名党员。"1930年6月5日，《中共湖南省委给中央的报告》："省委机关破获余闻——顷接周×同志（是任秘书工作的）自湘阴乡下来信，听说在该处被捕者计11人，姓名未详。"《中共岳阳市历史大事记》（1930年）："5月，设在湘阴县城的中共湖南省委机关遭到破坏，王进昌等11人被捕。6月，省委机关迁往益阳。"省委机关虽遭破坏，但万幸的是当时的省委主要负责人，都在会后赴全省各地指导工作，未造成较大的损失，此后省委机关迁址益阳办公，继续指导全省革命工作。

1929年9月至1930年5月，省委机关在湘阴整整8个月时间，是省委历史上在外县时间最长的两个地方之一（另一个是邵阳）。根据资料记载，在这8个月时间里，省委（包括省委巡视员）向中央写了12份报告，中共中央给湖南省委有6个指示（包括复信）；1929年11月13日、12月25日以后，1930年1月10日，3次召开省委常委会；成立两个委员会（1929年10月上旬成立职工运动委员会，1930年2月省委成立军委会，胡一鸣任书记，曾任红16军军长）；1929年12月25日，召开省委第4次全体会议，还于1930年3月6日至26日由省委与互济会联合举办一次短期干部训练班；还办了一个叫《出路》的半月刊，每期70多份，发往各地，通报工作情况。

1929年10月初，省委机关回迁湖南湘阴后，就在湘阴城关东门外堤街五号"徐正兴宝号"驻扎。1930年5月，设在湘阴县城的中共湖南省委机关遭到破坏，王进昌等11人被捕。而据《湘阴公安志》记载，中共湖南省委机关工作人员是在县城乐嘉旅馆被捕的。据推测应是地下党工作人员不慎暴露了踪迹，部分工作人员被捕进而引发整个省委机关暴露。据我们调查分析，敌人首先并不是直接冲入徐正兴宝号抓人，而是由县警察局局长武应芬带兵在乐嘉旅社抓人，率先暴露的应该不是省委机关。由于当时省委机关是秘密进驻，除党内有关同志外，县城百姓全然不知。

为什么1930年5月，中共省委机关工作人员其中两人是在县城西门的乐嘉旅馆被捕的呢？据查找小组分析，当时被捕的省委工作人员共11人，除西门的乐嘉旅馆被捕2人外，在其他地方被捕的有9人，因当时中共湖南省委有20多号人，其中工作人员10多人，而徐正兴宝号房屋面积不大，一楼营业外，二楼及后院仅390平方米，只能供省委挤着办公用，工作人员吃住大都选在西门的乐嘉等旅馆，一则是西门旅馆比较多，二则是避免人多引起国民党特务、密探对徐正兴宝号的"关注"。三则一旦遭遇不测，领导人分散居住可避免被敌人一网打尽，迅速从其他地方撤离。

中共湖南省委湘阴旧址确定后，引起了县委、县政府的高度重视，县财政拨出专款进行保护、维修和布展，2014年9月22日，修复后的中共湖南省委湘阴旧址正式对外开放。

现在中共湖南省委湘阴旧址已成为省文物保护单位和省市爱国主义教育示范基地，年接待参观人次达1.8万余人次，是湘阴红色旅游亮点之一。

随着吴老师耐心的讲解，我的心越来越沉重，泪水和汗水已经模糊了双眼。我抚摸着墙壁上的青砖，凝视着屋顶上黑色的燕子瓦，心情久久不能平静，灵魂深处，热血沸腾。这里有一个世纪前的光辉记忆，这里绵延着奋斗不息的革命火种，这里有中国共产党人浴血斗争的英雄事迹。中国共产党成立于 1921 年，1930 年刚刚 9 年时间，在如此艰苦恶劣的条件下，还在此成功创办了《出路》半月刊。

为了国家的解放，为了人民的幸福，我们一代又一代革命先烈历经艰难曲折，抛头颅洒热血，却对胜利始终充满信心，坚信星星之火可以燎原，使我们的祖国终于浴火重生，在灾难中站了起来！

走出旧址，我心潮澎湃。眼前的湘阴县城高楼林立，车水马龙，优美的街道，宽敞的柏油路两旁茂盛的树木，五颜六色的花朵，将湘阴装点得美丽多姿。新中国的成立，是无数热血儿女奋斗换来的，我们的幸福生活是一代又一代革命先烈用鲜血和生命换来的，我们要更加热爱我们现在的幸福生活，热爱我们的祖国，热爱我们的党。

2019 年是中国共产党建党 98 周年，是中华人民共和国成立 70 华诞，我们伟大的祖国经历许许多多的风风雨雨、大起大落，仍然坚不可摧，直到现在的繁荣昌盛。不忘初心、牢记使命，缅怀革命前辈光辉业绩，展望祖国未来，中国梦的实现和中华民族的伟大复兴正指引中国人民满怀豪情走向更加光明灿烂的未来。

祖国是我们心中的灯塔，照亮我们前进的步伐！祖国在你心中，在我心中，在每一位中国人的心中！

（该文发表于 2019 年 9 月 24 日《湘阴周刊》。）

让时间佐证

2018年11月30日,对于人们来说是个平平凡凡的日子,可是对于湘阴爱好文学的人来说,却是值得永远记住的日子。

薄薄的雾如冉冉升起的袅袅炊烟,若隐若现地迎着早起的每一位路人。人们披着满身的雾气,匆匆前行,在呼吸的瞬间,呵出的水汽和雾混合,似乎比雾中的花卉香气更浓,更馥郁,更天然……

会议即时报道之一

7点30分,湘阴县宾馆前车水马龙,人头攒动。电子屏上显示着巨大的红字——"纪念改革开放40周年湘阴县文学创作座谈会暨《梧桐树》创刊首发仪式"格外耀眼。

在这个特别的日子里,湘阴县作协会员们从不同岗位、不同地域赶来参加会议。全县的文学艺术爱好者像在茫茫沙漠中找到了绿洲,终于有了一片精神园地。此情此景,真是让人感动和高兴,大家脸上都挂满了灿烂的笑容,好像有一阵甜丝丝凉爽爽的风,在心头吹拂。

很多朋友之前只是在文字中多次相见,在现实生活中却从未谋面。此刻相见，真是深感三生有幸。大家微笑、握手、寒暄，格外珍惜这份因文字而来的缘分。会场里欢声笑语、喜气洋洋，每个座位上都摆放着"湘阴县作家协会《梧桐树》创刊纪念"字样的公文包，包中有《梧桐树》一本。

会议即时报道之二

湘阴县委常委、宣传部部长李爱佳，县人大常委会副主任张亚玲出席。来自岳阳、汨罗、湘阴等地文学艺术界100余名作家，陆续在签到册上写上自己的大名，见证这辉煌的时刻。

湘阴县作协成立于1999年，现有会员58人（截至2018年11月）。其中有省作协会员11人、市作协会员24人，有2名会员是市人大代表。湘阴籍军旅作家、国家一级编剧姜立煌先生从济南发来贺电："湘阴这片土地，对于我个人来说，有温度，有厚度，有广度，湘阴作协同仁大度接纳一寓外乡党，心里是很暖和的……"收到千里之外湘阴籍作家热情洋溢的贺电，大家感到很高兴。这也是《梧桐树》办刊宗旨之一。县作协主席湛鹤霞表示，"我们将以《梧桐树》为桥梁，联络在外工作的湘阴籍人士，让他们一起写家乡、赞家乡、爱家乡。"姜立煌先生发来贺电，给我们所有与会人员增添了信心和力量。

会议即时报道之三

湘阴县作协主席湛鹤霞从四个方面进行总结、汇报作协工作。如：组织了重点创作；通过各类媒体推介湘阴，宣传湘阴，有效地扩大了湘阴县的知名度；努力耕耘，用文学替时代立言，为人民放歌；深入生活，扎根沃土，组织开展各类活动，丰富创作素材，提升创作素养，培养文学新人。她还介绍,《梧桐树》是县作协今年年初开始筹划、创办的内刊,是以本土文化为载体的纯文学刊物,每季出版一期,是献给广大读者的精神食粮。

湛主席也坦诚地谈到了作协目前存在的一些问题、困难,如对本土创作的人才挖掘不够;对域外知名作家联系不多;文学艺术创作拔尖不力;工作经费缺乏等。县作协是一个自发的民间组织,没有编制,没有工资,大家走到一起,团结起来,目的只有一个,就是相互学习,共同进步!我们要多用作品说话,创作出更多的好作品才是王道。我们当然也希望,县财政把县作协所需经费能纳入财政预算。她还谈到了以后的设想和打算,要加大培训力度;要围绕县委、县政府部署的重点工作进行文学艺术创作;目前要搞好以建国70周年为主题的文艺创作。

会议即时报道之四

县人大常委会副主任张亚玲宣布:"纪念改革开放40周年湘阴县文学创作座谈会暨《梧桐树》创刊首发仪式"正式开始。

作家们踊跃发言。湘阴县作协副主席、市人大代表萧萧谈作家应该怎么样开展自己的创作,并把参加学习的经验归纳为三个主题:一是情怀,二是使命,三是担当。萧萧副主席说,只要我们心中有爱,爱祖国、爱家乡、爱家人,就会写出好作品来。

种好"梧桐树",引来"金凤凰"。"好孩子是夸出来的,好作者同样是夸出来的,这就是'赏识教育'。"这是戴笃平先生给《梧桐树》的寄语和他写作的感悟。来自基层的人民教师、市人大代表陈凤霞,工作之余痴迷于文学创作。她说:"我们有文学平台《梧桐树》,就有一种找到组织、找到娘家的感觉,这让我心安神泰!"人大代表为人民说话,这应该也代表了每位文学爱好者发自肺腑的共同心声。

你一言，我一语，大家各抒己见。"传统文化与文学创作密不可分，传统文化的沉淀能给我们带来更具有深远影响的作品。"湘阴左宗棠书院执行院长张一湖从传统文化的角度谈文学创作，给文学爱好者们很多启迪。

会议即时报道之五

"湘汨一家亲！我们是好兄弟，今后要多走动、多交流，让文学之花开遍湘汨两地，长盛不衰。"汨罗市作协主席潘绍东、副主席魏建华为《梧桐树》创刊送上衷心祝福，并分享了汨罗市作协近年来的创作成果，字字句句无不透露着浓浓的兄弟情。

会场上自始至终洋溢着欢乐和热烈的气氛，一浪高过一浪，伴随着"梧桐树"小生命的降生，县作协会员作品将竞相展示亮相。县委宣传部常务副部长钟志平通报"湘阴县纪念改革开放40周年——'说出心中的故事'"征文活动获奖情况，湛鹤霞、杜华、曹阿娣、盛勇、钱应奇、钟胜利、王顶、田岑、陈文革、罗正坤、蒋鑫爱、徐敏、戴逢春等作家获奖。

县人大常委会副主任张亚玲宣布《梧桐树》正式创刊，湘阴县作协青年会员范军、谭智锦声情并茂地朗诵本土作家戚旭明的诗歌《梧桐树下》："望着蓝天，在这棵梧桐树下，埋下我们的心愿，不忘初心，牢记时代赋予我们每一位文艺创作者光荣而神圣的职责，等闲识得东风面，万紫千红总是春……"豪迈的诗句有如天籁般的声音久久回荡在会议的上空……

会议即时报道之六

会议进入最后一个议程。虽然大家脸上挂满笑容，但有那么一丝丝的遗憾，市作协两位领导的座位上还空着。这是浓雾捣蛋的后果——他们受到浓雾影响，现在还没赶到。就在大家已经不抱希望时，会议室的大门开了——这种情节好像只会发生在影视剧中，但我们真真切切地看到了。我们翘首以盼的市作协领导来啦，热烈的掌声像山洪暴发似的响了起来。市作协副主席刘祖保还没有来得及坐下，就接过话筒表示歉意："由于大雾高速禁行，我们绕道而行，迟到了，实在对不起大家！"并和市作协副主席仇岳刚表达了他们的美好祝愿，"湘阴作协成绩喜人，佳作连连。我们非常愿意为湘阴输送文学人才，希望湘阴作协沐浴在新时代的春风下，创造出更多精品佳作！"两位领导顶着大雾、风尘仆仆赶到会场，说明市作协领导对此次会议的高度重视，他们对湘阴作协的关爱和期望，字字句句牵动着大家的心，用热情和执着擦亮着每位湘阴文艺工作者的心。

"文艺事业天地广阔、大有作为，文艺工作者责任重大，使命光荣。我们一定要坚定创作之'本'、深挖创作之'源'、提高创作之'质'、注重创作之'效'！"湘阴县委常委、宣传部部长李爱佳受县委书记余良勇、县委副书记彭方建的委托，在座谈会上深情寄语，为湘阴文艺工作者们的创作指明了方向，也为此次活动拉下完美的帷幕。

会议即时报道之七

冬天的太阳冲破云雾，露出了笑容，大地披上了一层光辉，阳光让人感到无限温暖。阳光总在风雨后，再大的雾在太阳面前此刻也逃得无影无踪。

这次会议是圆满的、成功的，既弘扬了作协优良的作风，又营造了和谐氛围，增强了作协的凝聚力。在神圣的文学殿堂里，座谈会这样的文学交流，如诗一般浪漫。文学爱好者不图名、不图利，只图心灵的放松与慰藕，用心，用肺，用每一个会呼吸的毛孔去感受，写自己想写的，为湘阴经济发展，为建设美丽湘阴创作更多更好的篇章。大家手拿《梧桐树》，在初冬阳光的沐浴下，走出会议大厅。文学有情、给力，温暖了这个冬天。文友们依依离别。大家齐聚在镁光灯下，让笑容定格，让时间见证，让湘阴文坛记住，《梧桐树》必将是我县作协发展史上一座重要的里程碑。

《梧桐树》这个绿色小生命的诞生，是充满希望的。绿是生命的颜色，是生命的象征，生命用绿诠释着自己。有人说文学是人学，也是"玩"学，要"玩"得高雅，有格调；要"玩"得有品位，有境界。我坚信湘阴县作协在县委、县政府以及有关部门的关怀下，在湛鹤霞主席的带领下，在各位同人的努力下，一定会共建和谐、团结奋进，取得优异的成绩。就像蓬勃生长在石头缝里的小草，尽情释放出生命的活力。我们所有的文学同人，将在《梧桐树》里充满无限创作的生机，充满无限美好的生命活力，放飞激情、辛勤耕耘的梦想，去寻觅文字里的闪光点，享受文学的魅力。《梧桐树》将用文字累积湘阴作家们的所言、所行、所思、所见，让树上络绎不绝的"金凤凰"去见证和延续"梧桐树"的成长。在不久的将来，《梧桐树》将顶着擎天的华盖，昂然挺立在左公故里！

（《梧桐树》于 2020 年 3 月更名为《湘阴文学》。）

"车盲"学车记

2008年,我单位与驾校仅一墙相隔,先生要我去那里学车。我说,你还是安心做我的专职司机吧,我坐车优哉游哉多好。

我居住的小区公路对面也是驾校。我与驾校默然相望,谁也不理睬谁,但门前这条路却是我每日的必经之路。

时间吹过一个又一个春夏秋冬,吹得世界越来越新,也吹得我越来越老。驾校好像有意无意要挑逗我那根顽皮的神经,每次经过都能看到那些进进出出的"00后",我情不自禁地隔窗观看,望洋兴叹。

有一次,我骑电动车上街,行驶到红绿灯处,身后的大货车长按一声大喇叭,吓得我连忙掉头,打道回府。从此,电动车锁进了车库,直至当废品被收走。我如此"恐车",却在2020年7月走进了驾校,报名学车。

我早早来到驾校,同车还有三位学员,有两名男性,均过了不惑之年。对同组的"00后"学员而言,我们已经是叔叔阿姨了,但两个男学员的领悟能力和实操能力却都比我强,我感到压力不小。

教练叫我上车,我下意识就走向了副驾驶座。教练说,你还准备坐副驾驶座?今天开始你得当司机了。"啊?"我没有听错吧!我认为学车得先看看教练怎样开车,这一上车就要我开车,我有点儿惊慌失措。坐进驾驶席，教练开始教我怎样调座椅、启动发动机、调左右后视镜、踩刹车……

我用力抓着（巴不得紧紧抱住）方向盘，心里有一百五十个吊桶在打水，真是慌得眼花缭乱、手忙脚乱。教练说，轻轻用手握住方向盘，视线要看远点儿，车头下的地面又没有钱捡，就是有也早被我们教练捡走了，轮不到你们学员来捡，别死盯着地面了。

踩刹车、踩油门……眼观六路、耳听八方……我真恨自己手脚太少，不够用。这是什么学车呀？简直就在"打仗"。

教练态度倒很温和，只管一丝不苟地耐心讲解，手把手教导，一遍又一遍，不厌其烦地纠正，根本不是我从前根据"传说"在心里刻画出的"黑暗"样子。我甚至还觉得教练有那么一点儿亲切呢。你看，他尊称我为"岚姐"，我也将"教练"的称呼改为了"师傅"。

我的"师傅"是湘大驾校的资深教练——向勇军。

我是一个不会轻易改弦易辙的人，尽管觉得自己很笨，但还是能做到"笨鸟先飞"。不管学车有多难，只要师傅有时间，即使我头痛发热也会坚持去练车。在我的刻苦操练之下，不到半个月时间，我这个"车盲"就学会了倒车入库、侧位停车、直角弯、S弯、半坡起步等科目二的项目。科目二考试顺利过关。

9月7日，我第一次参加科目三考试。汨罗分考场许主任给考前学员讲话。许主任讲话没有官腔，都是掏心掏肺给学员们忠告和温馨提示，并掏出钥匙在讲台上给学员演示。他说自己是农村出生，知道考个驾照不容易，当然细节问题学员必须注意、技术要到位，才有利于今后行车的安全，你们行不行，不是我说了算，而是电脑说了算，现在都是电子监考。他的讲话温暖着所有学员的心。

随着机器呼叫"0672"，我的心像小兔子一样怦怦直跳，相信没人看得出我雄赳赳、气昂昂的状态下还掩藏着一颗颤抖、紧张的心。考车的副驾驶位坐着"包公"。我屏气敛息，车开得战战兢兢，结果在直线行驶上就挂了。

在师傅耐心的陪练下，9月24日，我第二次踏进了汨罗驾考中心科目三的考场，并再次聆听了许主任讲话。一般情况，许主任不会天天给学员讲话。这次许主任来给学员解释，为什么有的早晨六七点就来了的学员没有参加考试，十点多来的学员却参考了。他说今天有201位学员考试，排号全部由电脑系统控制。如有个孕妇考试想调一下，必须经过几位领导的签字同意方可。许主任还风趣地打比方说，这就如从塘里面拖条鱼上来，是会留下痕迹的。今后省交警都可以查到印迹，还有可能打电话给这位孕妇予以确认。许主任还和我们说，汨罗有位学员"考"得好惨，考了15次才过。

我是考务车上的4号，这次要考的是1号线。第一位参考学员在公交站台前本应减速，但她反而加速，秒挂。听到语音播报"考试已结束"，那位学员懵了，她不知道自己挂在哪里，就问考官，考官只说"准备第二把考试"。这是他的责任所在，因为这是在考试，对考官也有纪律要求的。其实，人们只要换位思考一下，有些问题就会知道答案，有些难题也会迎刃而解。这位学员第二把在红绿灯左转，因为转向灯回位没有重打，被挂。接下来参考的2号、3号顺利过关。接着，该我这个"紧张狂"上场了。

我的手脚又开始发抖，心脏像马达一样加速猛跳。再三深呼吸，我才战战兢兢用眼瞟了一下考官。以为是个严肃的"黑脸包公"呢，不想眼前一亮——这是位可亲可敬的考官啊。虽然他没有开口讲任何话，但他的表情却像冬天的一束阳光，温暖着我。在轻松的考试氛围中，我以100分的成绩一次通过了。

驾驶证终于到手了，我从心里深深地感谢这一路教导我的"师傅"，给我们深切叮嘱和关怀的考场许主任，更要感谢那面容和善亲切的科三考官——王太山。

拿到驾照，只能够说明有了开车上路的资格。教练教的只是在特殊条件下、在固定的路线、在车流量小的线路上能驾驶机动车了。距离真正的开车上路驾驶，有不小的差距，还需要在复杂的环境下多多练习。开车是门真功夫。行驶在千变万化、车水马龙的公路上，分分钟都有可能发生不安全的事故。所以，有人说拿到驾照才是真正的开始学车。

学车是一种学习，学无止境是我们中华民族的一种优良传统，也是一种学习的境界。人生走不了捷径，只有踏踏实实下功夫练好真本领，才是对生命安全的保障。学车也是一种人生历练，历的是心，磨炼的是意志。人生，就是生命的感受。一场历练，一次懂得；历练一次，丰富一次。只要自己用心做了，输和赢都会很精彩。

我愿所有的朋友出入平安！

那浅浅的一弯汨罗江水

万物葱绿的春天，连个招呼都不打就离开了。季节轻轻拉开面纱，六月的天像孩子的脸，说变就变。2021年6月3日上午，承蒙汨罗作协主席潘绍东诚邀，在湘阴县作协主席湛鹤霞、副主席盛勇的组织下，一行19人冒雨前往汨罗屈子文化园，享受一顿文学大餐。当我们到达屈子文化园时，园内已是人头攒动。虽然天公不作美，雨不管不顾地下着，淅淅沥沥，依然阻挡不了大家对文学的渴求。

走进屈子书院沅湘堂，谭谈、韩少功、彭见明、何立伟、刘舰平、水运宪、蔡测海等熟悉的大咖的名字纷纷映入眼帘。除了听过彭见明老师的课外，其他老师我只读过他们的作品。当看到电视剧《乌龙山剿匪记》作者、编剧水运宪时，我更是激动不已。我是他的铁杆粉丝，便请求合影，没想到这位文学界的大佬特别和蔼可亲，欣然接受了我的请求。

汨罗江是一条有文化和故事的江，因为"中华诗祖"屈原在此沉江殉国，让其文化的含金量足以笑傲江湖。水运宪说："文学活动重要的除了让大家相互学习外，还能让人与人之间交流时碰撞出火花。感谢主办方给了我们这样一个能够和湘阴、屈原、汨罗三地作家面对面交流的好机会，能够在这样一个文化的圣地交流文学，心情非常激动，将是一件值得回味的事情……"

彭见明是小说和电影《那山那人那狗》的作者,他说:"发自内心地去写汨罗的人和事,就可以写成文学精品;把这么厚重的汨罗文化也写进去,就一定能写出令人满意的杰作来……"

汨罗的文化活动能做得这么风生水起,除政府支持外,也与韩少功的努力有关。他16岁时下放到汨罗的天井公社,有过长达6年的知青生活,后来调到汨罗文化馆工作4年。为了便于下基层搞创作,自2000年开始,他干脆在汨罗八景乡盖了自己的房子,每年从春天到秋天基本上都待在这里。总共加起来,他有30多年是在汨罗度过的。在当天的活动上,他兴奋地说"汨罗是我的第二故乡",并重点谈到诗歌创作,他提出:"当今人工智能无疑给诗人们带来了挑战,诗歌创作一定要注入自己的灵魂,才能让诗歌永远有意义。汨罗江是有灵气的,但并非住在汨罗江就会沾上灵气,而是要读诗人的作品,培养对文学的感悟力,要亲近自然,感悟生活,要抬头仰望星空,切忌成为只懂文学知识的书呆子。"

当天,邀请参加文学交流活动的嘉宾还有湖南省社会科学院文学研究所所长卓今,湖南省作协副主席、岳阳市作协主席彭东明。现场热情似火,文学爱好者纷纷提问,名家们一一解答。

2020年,汨罗成功举办了"首届汨罗江文学奖"全球征文暨"中国汨罗江国际诗歌艺术周"活动,如今此活动已成为一大全国性、永久性的文艺盛事。来自国内外知名的诗人、作家、学者等500余位嘉宾,相聚汨罗江畔,感受来自千年的文化脉动。据考证,诗人屈原和杜甫都安息在仅253公里长的汨罗江畔,而且都有墓和祠,分别在汨罗江两岸,一个在江头,一个在江尾。两位伟大的诗人,相隔千年,在汨罗江畔相会,在汨罗江畔握手,在汨罗江畔对话。

著名诗人余光中也有挥之不去的汨罗江情结,他曾写下"那浅浅的一湾汨罗江水，灌溉着天下诗人的骄傲"的佳句，并动情地写道："蓝墨水的上游是汨罗江。"中华文明的一个重要特点就是注重文化传承，在五千年悠久历史的文化宝库中，作为世界四大历史文化名人之一的屈原无疑是最璀璨的那颗明星。屈子文化园，这一"湖南省标志性文化工程"已成为全球华人共有的精神家园。

"路漫漫其修远兮，吾将上下而求索。"文化的传承连绵不断、生生不息。波涛滚滚的历史长河中，屈原的精神将传给我们一代又一代人。

"济南"老师的真容

2018年5月,正是春末夏初。天空沉静,太阳刚刚好,我照例翻看红网手机报。

突然,一篇题为《诗句在如水的记忆中形成》映入眼帘,我顺手点开看,竟然是一篇写诗评的文章。这是我学写现代诗歌近20年以来第一次看诗评。如果说诗歌是玄妙至极的东西,那么我现在读到的诗评同样才情丰蕴,不愧为一道靓丽的风景。我沉醉在这篇诗评里,真可谓百读不厌、流连忘返,这篇诗评深深地震撼到我的心灵。我当时收藏了这篇文章,没有找任何人求证作者是谁。

时间,像一匹骏马,在不经意间悄悄地跑过。又过了几天,无意间我在一个文学群内看到一位微信名为"济南"的群友在聊天,经再三确认,这位老师就是那篇诗评的作者。我毫不犹豫地加了"济南"老师的微信,发送添加好友理由是"诗评"。谁知道微信号刚添加,我的微信聊天就响了,一看正是"济南"老师。接通的那一瞬间,我明显感到他是位和蔼可亲,只是声音有些苍老的老师。由于老师的乡音比较重,我不知道他说的内容。但当时我可以确定这位老师年龄不小了,应该是位耄耋之年的老爹爹。我误以为老师要我写诗评,我只好对老师说:"老师,对不起,对于文学的追求，我一直还在路上，写诗评可能是下辈子的事。"在一连串"抱歉"声中，我结束了和"济南"老师的第一次语音聊天。

网络的迅猛发展，真真切切改变着我们的生活，连七八十的老爹爹都可以玩微信了啊。后来我就经常关注这位爹爹级老师在群里的聊天，毕竟老人家不忘初心、老当益壮，还在为大家写诗评。

后来我才发现"济南"老师那天说的，不是要我去写诗评，而是要我把诗发给他，他帮我写诗评。原来如此，有这样的好事我当然不放过，便毫不犹豫地把作品发给了他。

就在前几天，我在朋友圈看到一篇题为"青岛作家吴新财《牵挂的季节》荣获第八届冰心散文奖"的新闻。我简直不敢相信自己的眼睛，吴新财是"济南"老师的真名，在群里认识的"济南"老师竟然是一位大作家，他平易近人、可亲可敬，百忙中常抽出时间在群里和大家互动，根本没有一点儿耍大牌的感觉。谁知道，更让我震惊的事还在后面，"济南"老师根本不是"老爹爹"，是一位真正的资深大帅哥。

2018年6月23日，第八届冰心散文奖揭晓并在四川眉山市举行颁奖典礼，吴新财凭借《牵挂的季节》一文获得散文"单篇奖"。据悉，冰心散文奖是中国散文学会根据冰心先生的遗愿，于2000年创立的，是我国文学奖中最重要的奖项之一，代表了中国散文最高、最专业的水准，迄今为止已有王本道、贾平凹、迟子建、肖复兴、叶文玲等400多位作家获此殊荣。

后来我们相识的这一幕，"济南"老师竟然是如此描述的："馨岚在我生活中的出现有如《射雕英雄传》中的'黄蓉'……"

坪上书院，一部厚重的文化巨著

追着诗和远方，时隔两年有余的 2022 年 1 月 14 日，我有幸再次来到渴盼已久的平江坪上书院，参加岳阳市作协在此举行的文学创作笔会。

据资料查证：坪上书院是一栋始建于清乾隆三十九年的五进院落，为当地的彭家大屋。于 2014 年开始，历时 3 年，在中央美院老教授周令钊、王授之，湖南大学古建专家柳肃等诸多专家的指导下，修缮改造成一所历史与现代结合，有着独特风韵的艺术殿堂，命名为"坪上书院"，总面积 6800 余平方米。坪上书院被中国电视艺术家协会授牌"影视小屋"，中国电视艺术家协会主席赵化勇亲自前来授牌，央视著名少儿节目主持人鞠萍开讲第一课；被湖南省作家协会授牌"湖南作家创作示范基地"，岳阳市教育局、共青团岳阳市委、湖南理工学院授牌"岳阳市青少年社会实践基地"，前来授课的老师有中国作协副主席吉狄马加、阎晶明，著名作家韩少功、彭见明、何立伟、阎真、彭东明等，这里还不定期开展青少年的社会实践活动，让"祖国的花朵"了解农耕文明、贴近自然课堂。

我们来看看从彭家大屋走出来的两位文学大咖。

彭见明，1981 年开始发表作品。1985 年加入中国作家协会，湖南省文联第九届委员会名誉主席、中国作家协会全国委员，一级作家，湖南省政协委员，享受政府特殊津贴专家。在文学创作方面取得突出成就，在国际国内产生了巨大影响，先后两次被省政府记大功表彰，被评为湖南省优秀中青年专家、湖南省宣传系统先进个人。主要作品有《那山那人那狗》等。长篇小说《玩古》获全国优秀长篇小说奖，并获《青年文学》《小说界》等刊物奖和中国作协庄重文文学奖等。彭见明老师的和蔼可亲超乎想象，当你见到"彭佬"（当地人的亲称）时，感觉他就是一位憨厚朴实的农民，没有一点儿架子……

彭东明，彭见明的同胞弟弟，文学创作一级，现任湖南省作家协会副主席，中国作家协会会员。1982年开始在《萌芽》发表作品，迄今共发表短篇小说、散文100余篇，中篇小说38部，长篇小说3部，长篇报告文学6部。其中，中篇小说《秋天》改编成花鼓戏《秋天的花鼓》获中宣部"五个一工程"奖，长篇小说《天边的火烧云》获湖南省"五个一工程"奖，小说《茶妹》获冰心文学奖，长篇报告文学《孝行天下》获湖南省"五个一工程"奖。我喜欢读有温度的文字，彭东明的《坪上村传》我足足读了三遍，这部有血有肉的作品，没有足够的生活体验是根本完成不了的。正如湖南省文艺评论家协会主席、岳阳市文联主席余三定所评："彭东明长篇小说《坪上村传》生动地描写了湖南平江的山村坪上村的风情史、风俗史、变迁史、发展史，写出了乡村的日常生活、人情世故和鲜活生态，塑造了众多生动的乡村人物形象。作品写的是这一个乡村，但由于其具有普遍的概括性、代表性，所以作品也同时为中国乡村改革开放留下了真实的历史记录，可以说是一部活生生的当代乡村史。"

2021年12月14日，中国文学艺术界联合会第十一次全国代表大会、中国作家协会第十次全国代表大会在人民大会堂隆重召开，习近平总书记发表了重要讲话。彭见明、彭东明均参加了本次盛会，这是我们岳阳人民的骄傲！

真可谓是"听君一席话，胜读十年书"，短短两天的笔会让我受益匪浅。老师们纷纷指出，作家一定要改变传统的写作方法，要有时代性、现实性、异质性，要从再现到发现，从小我到大我，从个体到普遍的转变……

加油，"文学岳家军"将从坪上书院走向全国，走向世界！

真情流淌在社区舞台

——记湘阴县政协委员、东湖社区党总支书记姚罗

"姚罗真的是个好书记,是他救了我老公一命。"先锋社区居民郑小飞谈到姚罗时,声音几度哽咽。2019年,郑小飞的老公小肠血栓坏死,命悬一线。可是,30万的手术费简直是个天文数字,找亲戚朋友借遍,也只是杯水车薪。无奈之下,她只好找社区领导求助,作为先锋社区党总支书记姚罗便帮她想了一个办法——到湘阴县十一个社区去"化缘"。姚罗开车带着她风雨无阻,这家社区进那家社区出,终于筹齐了"救命"钱……

"姚书记不只对某一户居民好,最难能可贵的是他对待社区的每一位群众都是这样亲力亲为,热情耐心地帮助大家解决各类问题。"78岁的老党员龙中卫抢过话头说。

打造书香社区品牌

1971年,姚罗出生于湘阴县一个贫寒的农家,1998年入党,2016年12月,他成为湘阴县政协委员。

2019年8月的一个早晨,姚罗和平时上班一样,走进社区服务大厅时,却见里面吵吵闹闹。一位40多岁的中年人正冲着刚上班的办事员大

声指责："现在全国都在监管，不允许过度证明，你们还敢故意刁难我？"工作人员赶紧站起来，走到中年人面前解释："我们真不是故意为难您，而是您确实在那个社区居住，必须去开这个证明。"中年人一听更恼了："好，那我就拍照，把你们曝光。"他一边说，一边掏出手机。姚罗一看，这位居民由于往返于两个社区开证明盖章，不免心生埋怨，一定是误会了。"请您听我解释……"姚罗一边说一边想握住对方的手，却不料话音未落，手却不小心碰到了对方的手机。"哐当"一声，手机摔在地上，屏碎了。中年人更加生气，立刻打电话投诉。姚罗受到上级领导的严厉批评，虽然很委屈，但他并没有责怪那位居民，而是诚心向居民道歉解释，并深刻反思。虽然自己和工作人员都没错，但既然居民心生怨言，就说明工作没有做到位，自己是政协委员，又是社区书记，难辞其咎。

在姚罗眼中，一名合格的基层政协委员，就是要能积极重视百姓的呼声，依法行使职权，尽心为居民服务。要做好这些，就需要从小事做起，从向居民道歉做起，从带领每一名办事人员严格要求自己做起。而这一切的前提，应先从党建抓起，只有每一名党员主动担负起自己的责任，才能更好地为居民服务，而自己，就是做带好他们的领航员。

姚罗深知，很多地方的党建学习内容缺乏针对性、内容枯燥、方法单一，学习内容多为文件或精神，缺少创新意识，流于形式，吸引力和凝聚力不够，尤其不方便老弱病残的老党员学习。如何将党建工作开展得更活、更实、更富有成效，姚罗陷入深深思索之中。

以书香文化统筹开展党建活动，把党小组建立在楼栋里，做到哪里有党员，哪里就有党的组织，哪里就有"书香党建"。在平时的工作中，姚罗号召全体居民党员"好读书，读好书，多读书"，将朴素的"读书是一种需要"上升为"读书是一种有益的生活方式"，促进党员提高素质，享受阅读、享受教育、享受人生。为在社区营造一股党建学习热潮，特独家打造有声图书馆,扫一扫"码"上听音频党建学习。这样不但提高了社区党员们的学习兴趣与学习效果,还为视力弱的老年党员提供了便利。

在姚罗的规划下,社区居民不出社区就能品尝到"文化大餐",由此"书香社区"成为这个省级文明示范社区党建工作的一个品牌和亮点。

一定要把道理讲清楚

2020年初,新冠肺炎疫情突袭武汉乃至全国。

面对疫情,姚罗作为社区第一责任人,带领社区全体工作人员积极奔走在疫情防控一线。

面对这场新冠肺炎疫情阻击战,如果说医生的焦急藏在心里,那居民的焦虑就直接写在了脸上。让姚罗记忆最深刻的,是两个从外地来的人。当时按规定,凡是外来人员都要送到洋沙湖集中隔离,理所当然,他们也被送了过去。但姚罗没想到,凌晨1点多钟,洋沙湖的领导打来电话,说他们极不配合,从下午送过去后就一直在吵闹。

姚罗一听,连忙穿衣驱车赶过去。因为当时是隔离阶段,姚罗并不能直接进房间和他们说话,所以只能站在围墙外的寒风中劝说。冬夜的凌晨,似乎连病毒都凝固了。姚罗的鼻子冻得通红,可那两人并不听劝,大声嚷嚷着说自己没病,很健康,要回家。

姚罗说:"现在疫情多么严重,你们不知道吗?你们经过了那么多地方,万一被感染了,如果不隔离,那得传染多少人?""别吓唬我们!"那两人的声音反而更大,"我们这么好的身体,怎么会感染?"姚罗摇了摇头,只好苦口婆心地从新冠病毒的传播途径讲起。只有让他们知晓了病毒的严重危害,才能真正从心理上被说服。夜风越刮越猛,姚罗把大衣领子竖起来,却还是冷得直打哆嗦。时间一分一秒过去,不知不觉,已经过了

1个多小时,姚罗连打了几个喷嚏,那两人终于不闹了,他们说:"姚书记,你讲的道理我们都明白了,就冲你在这么冷的天给我们讲这么久,就算不明白我们也不吵了,你回去休息吧。"姚罗终于舒了一口气。他把大衣又裹紧了些,向家的方向走去。

社区有一位50多岁的居民,本来只是普通感冒发热咳嗽,他却固执地认为自己得了新冠肺炎。入院当天,他拒绝进食,躺在病床上一言不发,连手指也一动不动,就连医生询问,他也似听非听。医生想了很多办法,可他就是不开窍,这心结一刻不解开,感冒就可能越来越严重,更可能引发肺炎。无奈之下,医生拨通了姚罗的电话,想请这个社区书记想想办法。姚罗想了想说:"那我来和他通个电话劝劝看吧。"在电话里,姚罗用乡音给患者讲了很多,最后说:"你要好好听医生的话,好好配合治疗,我还等着你回来一起喝酒呢。"听着父母官熟悉而亲切的话语,患者的眼泪一下子涌了出来,用虚弱的声音哽咽道:"好,好,我听姚书记的,积极治疗,好了回去喝酒!"看着重拾信心的居民,姚罗终于放心地挂了电话……

始终关注弱势群体

作为一名政协委员,姚罗对于观察到的社情民意,会进一步深入基层调查研究,作出准确判断。这样来自基层调研走访的提案更接地气,更能反映群众诉求。

2018年,湘阴县政协组织联合县妇幼保健院送医疗义诊下乡,姚罗自掏腰包近3000元买了10份慰问物资,包括皮蛋、盐鸭蛋、油、米等,去南湖焦头弯社区慰问10户困难家庭。2019年,在文星镇"助力人居环境整治,打造委员示范屋场"活动中,姚罗捐资1000元,并积极献计出力,为全镇人居环境整治集中攻坚工作做出了贡献。

"政协委员是一座党群干群关系的连心桥。"这是姚罗的一句口头禅。他深知,直接面对基层群众、面对具体民生工作,同基层群众挨得最近,看群众问题最清,这是基层政协委员的优势所在。作为一名政协委员,姚罗认为是一份巨大的荣誉,更是一份重大的责任。既然来源于群众,就更要服务于群众。想群众之所想,帮群众之所需,解群众之所难。只有站在居民的立场上,从居民的角度去发现问题,才能道出老百姓的心声,积极为全县人居状况建言献策。

先锋社区居民任亮波四年前突然因高血压导致中风,老婆看他成了"废人",便带着孩子离家出走,从此未归。家里只剩下他和年事已高的父亲,生活很是艰难。姚罗看在眼里,急在心中,他决定自掏腰包在社区建一个残疾人康复中心。在他的筹划下,康复中心很快建成。每周,姚罗会按时通知任亮波来做康复理疗,同时还帮他到残联申请了拐杖和洗澡器具。在姚罗的帮扶下,任亮波的境况慢慢好转起来。

一直受姚罗帮扶的76岁老人任友根,和他中风多年的55岁儿子相依为命。2019年10月的一个晚上,狂风暴雨、电闪雷鸣,像狮子在怒吼,母子俩望着摇摇欲坠的土砖房,感觉生命危在旦夕。此时的姚罗用力撑着伞,敲开了她家的门,因为担心房子倒塌,姚罗坚决要将她们送到老人的女儿家。

社区并不只有这一两个需要帮助的人,还有很多老年人,有的是孤寡老人,有的子女不在身边,有的甚至卧床多年。如何让他们老有所依,才是当下最需要迫切解决的事。经过多方调研考证,姚罗花了几个月时间拟定了一个关于城乡居民养老建议的提案。他在提案中说,鉴于社区留守老人偏多,社区可以建一个居家养老智慧平台,代替子女帮助老人,向老人分发呼叫器、热线手机、呼叫手表等,还可以组建专门的服务团队,安装手机应用软件,精准服务,随呼随到。

摄影界有句名言："如果你拍得不够好，那是因为你离得不够近。"政协委员议政建言同样如此，如果提案不够接地气，那是因为提案者没有真真正正深入群众进行调查研究。一个好的提案和建议不是闭门生造出来的，而是用脚走出来的，只有在基层中充分掌握第一手资料，研究深了、精了、透了，才能建有据之言、献务实之策。姚罗为了把提案做扎实，不但走访了社区的每一户居民，而且也对相邻社区的居民做了调查分析，后又到外地优秀社区考察取经，终于完成了心愿。2020年12月，在政协湘阴县第十届委员会第四次会议上，姚罗和文星街道政协联络办吴锋主任两人联名提案，他们的"加快老旧小区改造、建设和谐幸福城市"被评为优秀提案。随即，湘阴县启动50个老旧小区改造，提升了居民的居住环境。

一路走来，姚罗连续四年被评为县政协优秀委员，他心系群众，无怨无悔，以自己的行动彰显了一个共产党员真挚的为民情怀，展现了一位新时代优秀政协委员的奉献风采。就像他在接受采访时所说："作为一名政协委员，我有责任和义务在履行职责的同时，倾听百姓心声、传达百姓声音，做推进社区发展的领航员、协调员、调研员，始终以饱满的政治热情和高度的责任感认真履职尽责，继续为民服务。"

2020年12月18日，姚罗从先锋社区调到拥有2.1万人口的东湖社区，他说："我就是来为他们服务的。"姚罗坚定的眼神就像一只翱翔在云霄的大鹏，不要鲜花和掌声，只想默默的付出；不期待做出惊天动地的伟业，只有一片赤诚为乡亲的实际行动。姚罗正在自己平凡的岗位上，用一个共产党员的信念和行动，始终做社区建设的排头兵、群众的贴心人，在服务群众的事业中抛洒爱心，用赤诚的心诠释着一名共产党员的精神——全心全意为人民服务。

第五辑
DI WU JI

见证,时光巷陌

我是"阅卷人" 见证岳阳城乡巨变

2019年即将谢幕，2020年又将闪亮登场。

"时代是出卷人，我们是答卷人，人民是阅卷人"，一句掷地有声的话语在神州大地回荡。为向广大市民展示岳阳经济社会的发展成果，报告一年来的政府工作，岳阳市委市政府于2019年12月31日开展"我看岳阳新变化"现场考察活动。我有幸作为基层党员和市民代表参加现场考察，参观全市产业发展、乡村振兴、生态治理、港口建设等重点工程。

我们的第一站是参观南湖赊月湖公园。该园是岳阳市重点民生工程，总投资2.44亿元，占地面积约40公顷。它以"南湖月色"为主题，有天灯映月、田园湿地公园、楚风遗韵、一品湘食、滨水花园、清露晨曦六大主题景点。配套有运动健身区、邀月塔、天文台、儿童乐园、亲子田园采摘区，栽植杨柳、桂花、梧桐等植物，是国内首家月色文化主题公园。

如果早知自己家门口就有如此美好的风景，喜欢旅游的我，也不会跑到国外去看什么风景了。

书是我人生路上的精神伴侣，曾经号称"书呆子"的我，也是见过几本书的。可当我跨进岳阳市图书馆时，既像刘姥姥进了大观园，又像进了迷宫。书架上整整齐齐的书像大海中卷起的一朵朵浪花，在我的心海里翻滚。据悉，岳阳市图书馆前身为岳阳县民众图书馆，成立于1929年，今年已经90岁了！它在1976年更名为岳阳市图书馆，2019年12月新馆对外免费开放，周二至周日开放时间为9：00—17：00（国家法定节假日除外），周一闭馆。站在图书馆前，我十分震撼，竟然有这么多书可以免费阅读。过去，我可是一书难求，别人给我一本旧书都如获至宝，感激万分。恋恋不舍地从优雅、宁静的图书馆出来，我们又走进了气势磅礴的岳阳市文化地标之一的岳阳市美术馆。

在代表们的赞叹声中，我们驱车前往汨罗市瞭家山社区，从城市转到农村。在瞭家山社区转了一圈，大家的印象是整齐、洁净、典雅，山清水秀。精致的小楼房，是名副其实的"宜居之家"。

屈原管理区对我来说并不陌生，因为我隔三岔五去那里拜亲访友，在我的印象中有点脏、乱、差。今天我到营田镇三洲村和义南村，还以为走错了地方，这是营田镇吗？我不断地在心里问自己。现在与过去相比，简直有天壤之别。洁白干净的民居鳞次栉比，干干净净、整整齐齐、清清爽爽。

说实话，在市民印象中最难办事的地方就数政务服务中心。在我的记忆中，如果要办个什么证，不跑个十次八次真的办不成。这个"最难办事"的地方现在怎么样了？带着这些问题，我们来到了市政务服务中心。走进大门，映入眼帘的是"一件事一次办，最多跑一次"，仿佛给了我们答案。据介绍，岳阳市政务服务中心既是省政府推行"一件事一次办"改革的发源地，也是全省首家"5+2"周末开放办公的市级政务大厅。总服务能力达380件/天，有效地解决了群众"上班时间没空办事、下班时间没处办事"的问题。

随后，我们又考察了东风湖生态公园和洞庭生态创新城。市委市政府着力将东风湖生态公园打造为"四季有花、四季有色、四季有香、四季有绿、四季有景"的景观。洞庭生态创新城建设的重点是"六个一"，即一湖清水、一座地标、一个小镇、一处乐园、一场演艺和一片街区，再现"梅溪湖国际新城"开发的运营模式。

好家伙，"华为新金宝高端制造基地项目"在岳阳落户！该项目规划用地约 75 万平方米，总投资超 200 亿元（含设备），分三期建设。二期、三期全面建成后，华为 5G 基站等高端产品将逐步迁入，可望带动近千家高科技配套企业落户岳阳，实现年产值 1000 亿元以上，年税收 100 亿元以上，岳阳将成为华为 4G/5G 终端产品的重要生产销售基地。我忽然记起在泰国旅游时，泰国地接导游用的就是华为手机，他说泰国人就喜欢用华为手机。

最后，我们来到了城陵矶国际集装箱码头，站在省港务集团大楼观港平台，走进泰金宝精密（岳阳）有限公司的厂房，代表们深深感受到岳阳真的发生了巨变。

岳阳市委副书记、市长李爱武在和代表们座谈时说，当前市委市政府正在强力推进现代化大城市建设，这是岳阳今后一个时期的重大历史使命，也是全市人民的共同梦想。我们将和全市人民一道，加快提升岳阳现代产业竞争力、开放带动辐射力、立体交通承载力、城乡统筹融合力、生态环境涵养力、风险隐患防控力和民生福祉保障力，力争到 2025 年城市建成区面积达到 170 平方公里、人口达到 170 万人、GDP 成功迈上 7000 亿元台阶。

2019 年以来，我多次参与"我看小镇新变化"系列活动，实地考察过的村镇有：华容县芥菜小镇（三封寺镇）、临湘市竹器小镇（羊楼司镇）、君山区龙虾小镇（钱粮湖镇）；君山大美广兴洲；岳阳经开区西塘镇金黄村、相友村；平江"CCTV 舌尖上的中国"拍摄基地——垛子屋，罗洞村和三里村。

细细数来，从城市到农村，岳阳发生了翻天覆地的变化。蓝天白云、青山绿水、鸟语花香已成为岳阳城市、乡村建设的新景观、新常态。我为自己是岳阳人感到无比的骄傲和幸福！作为市民，尤其作为一位有着近三十年新闻和文学写作的人，我是认认真真的"检阅"，仔仔细细的"评卷"，我坚信岳阳的明天更加美好！

驻村扶贫干部
——一支永不离开的工作队

2020年的金秋十月，举国欢庆。长假和亲友聚餐，一股特别浓稠的香味飘来，刺激着我的唾液腺。一看端过来的是黄澄澄的汤，就知道是由正宗的土鸡熬成，这可是儿时的味道，妈妈的味道。

我迫不及待地打听这是从哪儿买来的，亲友告诉我，这是消费扶贫，直接到贫困户家买来的土鸡。我惊讶于自己的孤陋寡闻，竟然第一次听说"消费扶贫"。消费扶贫是社会各界通过消费来自贫困地区和贫困人口的产品与服务，帮助贫困人口增收脱贫的一种扶贫方式，是社会力量参与脱贫攻坚的重要途径。我不禁为之拍案叫好！

不久之后，我又接到了岳阳市网管办电话，通知我参加在2020年10月17日"国家扶贫日"举办的"岳阳市第二届驻村帮扶成果展示会暨消费扶贫网购节"活动。岳阳市为深化扶贫产业与消费市场的有效衔接，助推决战决胜脱贫攻坚和乡村振兴，由市委组织部牵头组织，联合市商务粮食局、市农业农村局、市扶贫办、市委网信办等相关部门单位，采取"党建引领+产业帮扶+线上推广+网络直播+线下展销"相结合的方式，同步展示全市驻村帮扶新成果，推广销售扶贫领域的农特产品。

仲秋的大地原本是那样喧闹，素有"对潇潇暮雨洒江天，一番洗清秋"之说，可秋雨却是喜庆的前兆，是带给大地一曲丰收的歌。10月17日的南湖广场人头攒动，热闹非凡，霏霏细雨没有阻挡广大市民消费扶贫的热情。那琳琅满目的农产品令人眼花缭乱，扑鼻而来的香味令人回味无穷。这里是来自全市319个贫困村和754个非贫困村以及对口帮扶县（保靖县）的粮油干货、果蔬、小吃零食等特色农副产品现场展销及网络直销。在淅淅沥沥的秋雨中，这热闹的场景将南湖广场勾勒成一幅美丽的画卷。这是一幅劳动的画卷，更是各级党政领导和扶贫干部交给人民的美丽答卷。每个县（市、区）一个展览馆，馆馆相连，携手共进，消费扶贫，温暖人心。

平江县：国家级贫困县扶贫新台阶

2019年11月，我参加平江脱贫攻坚走访活动，并将自己的所见所闻如实发布在红网论坛。这一年来，平江的扶贫工作进展得怎样呢？我信步走进平江馆，发现用"门庭若市"来形容此处是有过之而无不及的。在展区，我遇见了一位"熟人"，就是去年在平江走访时有过一面之交的何青峰，他是岳阳市工商联四级调研员，也是岳阳市委派驻平江县驻村工作总队队长兼南江镇罗洞村的第一支书。在何队长挂满笑容的脸上，我读到了平江扶贫的喜人成绩。

2017年以来，由151家市直单位派驻的179名驻村干部组成岳阳市委派驻平江县驻村工作总队，分成60支驻村工作队驻扎在23个乡镇的60个贫困村里。

三年多来，60支驻村工作队通过开展党建促扶贫行动，以建强村支两委班子为抓手，开展党员和志愿者义务扶贫活动，认真培育入党积极分子，着力培养脱贫攻坚和乡村振兴的接班人。通过联络组织后盾单位领导和干部参与的结对帮扶,支持产业发展和就业扶贫,实施助学、助医扶贫行动,落实异地搬迁和危房改造政策,基本实现了"户脱贫";通过争取资金和项目,进一步加大对道路硬化、农田水利设施的改造、安全饮水工程、学校和村部的改扩建,以及光伏电站、扶贫合作社和扶贫车间的投入,确保实现"村出列"。

近年来,他们按照习近平总书记和党中央提出"四个不摘"的要求,全体队员以"就业扶贫、消费扶贫"为工作重心,狠抓脱贫攻坚巩固提升工作。一是克服疫情影响,以发放务工交通补助、发布企业用工招聘信息和在本地介绍工作等方式,积极推进贫困人口返岗务工和实现家门口就业;二是与岳阳汽车销售商会联合举办了两期"巴陵车展助力平江消费扶贫展销会"。发动队员将贫困村农产品带出山区,投向市场,通过机关工会、党支部组织干部职工定向采购,消费扶贫取得一次比一次好的成绩。他们的目标是力争把岳阳市唯一的国家级贫困县——平江县的消费扶贫工作,推上一个新的台阶。

云溪区:"最美扶贫人物"力量大

走进云溪区馆,有艾产品系列、"上官畈"山茶油系列、莲籽系列等,令人目不暇接。这些来自山沟沟里的农产品散发着阵阵泥土的清香。

在云溪区商务粮食局沈文会的引荐下,我见到了岳阳市 2020 年"最美扶贫人物"——林海。当我提出要对眼前这位"最美扶贫人物"进行采访时,林队长婉言谢绝,他谦虚地说:"我只是做了一个党员、一个扶贫干部应该做的事情。"

林海,云溪区教育信息和阳光服务中心主任,是 2015 年区派钢铁村扶贫首批工作队员,2018 年任驻钢铁村扶贫工作队队长。同年,在全省的脱贫攻坚年度考核中，钢铁村群众满意度为100%。2019年，钢铁村73户贫困户家庭年收入最高达到10万元，最低为5425元，钢铁村没有一户边缘户和监测户，没有一户返贫。

在近三年时间里，林队长和扶贫干部一起共帮助贫困户贷款46人（次）159万元用于发展产业；有9户流转土地500多亩进行稻虾共作；发放油茶树苗3万株，种植面积1500亩，2020年开始大部分可以收益。贫困户刘麦初，因交通事故致贫，上有老下有小，2016年扶贫队帮助他在农商行办理了3万元的小额信用贷款，购买一台榨油机，当年即盈利3.5万元，现在每年经营性收入近10万元，家里装修了房屋，娶了儿媳妇，添了孙子。他们还想尽办法筹措资金300多万元，新建和拓宽公路2820米，节水灌溉5200米，沟渠硬化8800米，山塘改造9口，保证了全村3000多亩水田均可以实施稻虾养殖，每年龙虾养殖收入达400万元，人人提高了群众的生产收入。

林队长还发动帮扶干部、机关和学校食堂、亲朋好友等帮助贫困户销售猪肉、土鸡、鸡蛋、龙虾、菜油等农产品达20万元以上。他还主动联系贫困户徐美兰，让她在家每年喂养5头猪、100只鸡，并承担了全部销售工作。2019年，林队长与村支两委商量给她安排了一个保洁员的公益性岗位，因此，她每年除了生活开支外，还可以偿还2万元的债务。

在扶贫的同时，他们始终坚持扶贫与扶志、扶智相结合，共说服和教育了6位贫困劳动力外出务工，3名劳动力在家创收，保证了家庭有稳定的收入来源。贫困户邓木元的儿子万继辉，通过林队长和帮扶干部的思想教育，现在在槟榔厂做销售，并利用空闲时间到新金宝公司附近摆起了地摊，每月收入近7000元。

临湘市：不让一个群众在小康路上掉队

临湘市始终将脱贫攻坚工作作为政治任务和头等大事来抓，全力抢时间、赶进度，为的是不让一个群众在小康路上掉队，确保脱贫攻坚工作有序推进。

临湘市2020年劳动力就业人数达到4470人，比去年增加131人，已完成目标任务的103%，返乡回流人员57人全部重新上岗就业。该市结合农村人居环境整治、光伏电站维护等工作，提供公益岗位629个；浮标钓具、竹木家居、茶叶、艾草等地域特色产业新吸纳贫困劳动力就业600余人。产业帮扶上，大力探索"公司+基地""订单+贫困户""种苗+技术"等多种模式，因户施策帮助贫困群众发展种养、小加工等适宜产业，九丰油茶、"桃林佬"食品等一批扶贫企业脱颖而出。特别是在产业帮扶过程中，坚持既帮"产"，也帮"销"，效果良好。

2020年5月，投入200多万元的临湘市消费扶贫生活馆开始运营，目前已销售扶贫产品100多万元；在富食村开辟扶贫产品销售专区2个，扶贫专柜待岳阳市下达任务后，第一时间投放到人流密集的商贸地段。

为减轻疫情影响，切实解决"菜压田、鱼压塘、禽压栏"等销售难题，大力推进消费扶贫扩面增效，在全市各学校食堂定向采购扶贫企业农副产品的基础上，发动海螺水泥、凡泰矿业等10家大型企业食堂集中收购贫困户农副产品21万元，后盾单位干部职工帮销产品金额达450万元。同时，坚持开展文艺扶贫直播带货活动，现已举办专场5次，销售农副产品48万元，2020年该市消费扶贫提前3个月完成省下达的目标任务。

同时安排1631名干部与3042户贫困户结对帮扶，所有未脱贫的728户全部由市直干部帮扶，基本做到了班子和成员中层骨干全部参加结对，结对干部每月入户帮扶一次以上。据统计，2020年上半年，全市126个后盾单位一把手平均到村调研指导工作5.6次，分管领导平均到村指导工作6.3次，共计到村资金物资560多万元，对贫困户实施就业帮扶1814户、产业帮扶2016户、住房帮扶772户、教育助学1316户、医疗救助2925户、兜底帮扶606户、消费扶贫743户；共计投入资金793万元，帮助驻点村落实产业帮扶项目124个，年收益达240多万元，为确保贫困村稳定退出、未脱贫户如期脱贫、已脱贫稳定脱贫提供了保障。

湘阴县：他们为残疾人撑起一片蓝天

对于湘阴扶贫工作，来自湘阴的我并不陌生，一直以来由扶贫干部戚旭明同志多次供稿在红网发表。走进湘阴县展馆，有我耳熟能详的长康实业、义丰实业、华康食品、横岭湖食品、阳雀湖农业等产品。

在不断涌入的人群中，一位手持拐杖手举"精选马齿苋"宣传牌的中年人吸引了我，在湘阴县扶贫办主任胡建龙、湘阴县驻村办副主任张浩的引荐下，我和他聊起了他们的"马齿苋"。他名叫曹江明，是自强农业开发有限公司销售经理。据曹经理介绍，他们公司的创办发起人廖运福现年57岁，出生于湘阴县杨林寨乡东合港村四组一个贫困的家庭。两岁时，正在蹒跚学步的他不幸患上了小儿麻痹症，从此永远失去了像正常人一样行走的机会，身高不足1米的他，只能依靠双手艰难爬行。

身残志不残的廖运福高中毕业后，参加了当地举办的家电维修培训班学习。靠着家电维修技术，他的生意越来越好。2015年，富裕起来的廖运福与同是残疾人的彭方来、曹江民投资22万元，采取"公司+基地+农户"的运作模式，成立了自强农业开发有限公司，为残疾人就业搭建了平台。在市、县残联的大力支持下，2019年3月，他们公司通过菏湘云网络科技有限公司对接了北京销售定购业务，于3月底在杨林寨乡反承包土地300亩，投资近100万元，种植了豆角、西红柿、包菜等5个品种，解决了30多名特困人员和残疾人员就业。曹经理说，这些成绩的取得要感谢省、市、县残联的关心和关注，感谢扶贫办多次提供促销平台，感谢商务局为他们获得更多的销售渠道。

保靖县：为贫困山区连通致富消费虹桥

在众多岳阳市各县（市、区）的农产馆中，保靖县馆这个来自湘西的农产馆成为南湖广场备受瞩目的一道风景线，深深牵引着我的目光。我情不自禁地走进保靖县馆，见到了保靖县二艳蔬菜产销专业合作社经理张光平，他对于岳阳市对口扶贫保靖县的感激之情溢于言表。

近年来贫困的湘西州保靖县在岳阳市的对口扶贫下发生了喜人的变化。为了让保靖县农产品走出大山与岳阳市农产品市场对接，特地在展区内为保靖设置专区，为贫困山区的农业产业连通了致富消费虹桥。

18日晚上，张经理告诉我，保靖过来的全部农产品，到这个展厅的第二天基本上就销售一空，特别是保靖的黄金茶，销量特别好。他们的水果猕猴桃快要过季了，而柑橘还没有上市，所以水果的销售情况不是太理想。产品快卖完了，他们准备19日早上回家。张经理特别提到，这几年来，在精准扶贫的大好形势下，保靖县政府对农产品加工和销售的扶持力度特别大，让他们这些山区农民看到了希望。

秋雨霏霏，飘飘洒洒。此时的南湖广场，被笑声、欢呼声、乐曲声合成的旋律包围着，那一张张洋溢着幸福的笑脸，那来自大山的农产品，那来来往往提着大包小包满载而归的市民，无不在告诉人们这里凝集了多少党政领导和扶贫干部的心血。无数扶贫干部用自己默默的行动镌刻初心，肩负沉甸甸的责任，用汗水温润热土，用脚步丈量田间小道，无数贫困户才能走出贫困，迎来幸福的生活。

2020年是我国精准扶贫战略的关键年，是全面建成小康社会目标的实现之年，是脱贫攻坚的收官之年。虽然疫情、洪灾、严峻的国际形势接踵而至，但目标不变，而且这些目标必将实现。

2021年是建党100周年，相信在市委、市政府的正确领导下，在全市人民的努力下，岳阳的明天将变得更加美丽，更加繁荣，岳阳的"答卷"必将越来越精彩！

平江垛子屋

——记"CCTV 舌尖上的中国"拍摄基地

2019 年 10 月 31 日,在岳阳市委宣传部副部长、市作协主席彭东明,《中央电视台舌尖上的中国 3·宴》节目顾问、岳阳市作协副主席潘刚强,岳阳市第六期文学创作培训班班主任陈智慧老师的带领下,我们前往平江县童市镇合望村,参加新农村特色小镇采风活动。连续几天细雨放晴后,一切都显得湿润、清新,太阳将它的光芒洒向人间。透过大巴车窗往外看,房屋是金色的,田野是金色的,群山也是金色的,耀眼夺目。窗外的风景闪眼而过,我们随着晚秋的步履,从城市走进村庄,"红薯"二字却带着微微的凉意也走进了我心灵的小站……

"哇,垛子大屋到了!"一阵欢呼。大巴车"嘎嘎"的刹车声,把我从童年吃红薯吃得哭的回忆里扯了回来。这里就是"舌尖上的中国"拍摄基地——垛子屋。墙壁上依稀犹见"多快好省""团结紧张,严肃活泼"之类的宣传标语。遥远的记忆,重新被唤醒。花格窗有了满脸的皱纹,飞檐翘起的门第好似想诉说往事……屋后的竹林,形成一道碧绿的屏障,护卫着垛子屋。

有一种回忆,与红薯休戚相关,叫"挖红薯"。秋天,到了垛子屋,正是红薯收获的季节。随着"挖红薯去咯"的喊声,男同学有的扛锄头、有的担箩筐，女同学紧追其后，浩浩荡荡的队伍向后山坳开拔。看阵势，估计要用卡车来拖"战利品"。顺着弯曲的小路，搜寻远去的记忆和眼前的风景。虽然时已晚秋，但山上的树木仍很葱郁，一片深绿，我贪婪地呼吸着负氧离子。正当我尽情呼吸时，看到前面的同学在摘路边的空管草，管它干吗，我也跟着扯了一根。路边满是油茶树，一树树茶花随风舞动，像一张张笑脸，与我们的笑脸叠在一起，相得益彰。我拿着那根草吸管，对着金黄色的茶花花蕊中猛吸。油茶花蕊簇拥在一起，花蜜香味浓而不烈，芬芳的香气沁人心脾。茶花的香气，可以萦绕三日！蜜蜂在花丛中手之舞之、足之蹈之，忙个不停……

"好大的红薯啊！"我抬头一看，同学们已经在红薯地里银锄挥舞。我的童年，困在红薯窝里。走不出红薯梦魇的我，一直对红薯敬而远之。此时，笑声、喊声，热闹非凡。我终于无法控制自己，一路小跑至红薯地，小心翼翼地扯开红薯藤，随着锄头挥舞下去，几个红薯挤挤挨挨在一起，就像一群贪睡的小娃娃还熟睡在妈妈的怀抱。很多同学用树条在红薯皮上刮几下就开吃。吃红薯的人越来越多，还吃得津津有味，连班主任陈老师也左右开弓，嚼起了红薯。我真不想吃，红薯不就是一口咬下去，硬邦邦的塞牙、嘴巴黏糊糊的感觉吗？难不成比水果好吃？我最终还是被裹入了吃红薯之列，拿起镰刀一刀下去，红薯白白嫩嫩，红皮白肉，皮薄肉细，咬一口，甜甜的，脆生生的。这是红薯吗？口感似梨，香香甜甜的，软酥酥的，有一股水果风味。他们说这里的红薯是从广东引种过来的，已有两百多年的历史了。我长这么大还没有吃过这样美味的红薯。

一听挖出来的红薯可以带回家，大家满心欢喜，纷纷从包包里拿出早已准备的袋子，去抢红薯。不怕大家笑话，当时我真恨袋子小了，巴不得拖一火车走。我们盛的不仅仅是红薯，更是勤劳的平江人民默默耕耘的果实。相信在不久的将来，"水果红薯"将变成童市和平江县的一张亮丽的名片，驰名全国。

"红薯大战"后，垛子大屋前的茶子壳又吸引了我们的注意。一位年近九旬的爷爷，坐在那里熟练地剥着茶子壳。平江县风景名胜管理办公室余湘群主任带我们参观了油茶制作坊。他介绍说，从山上采摘的茶子，榨成茶油要经过13道工序，分别是：摘茶子、开场、翻晒、收茶子、择茶子、晒茶子、送加工坊、烘茶子、碾茶子、蒸茶粉、采茶饼、上榨、出茶油。

饕餮盛宴，人们常说是吃满汉全席。今天，我们午餐吃满茴全席。什么茴条、茴丝、茴粉、茴油炸丸子等，这种舌尖上的美味，让我现在还回味无穷。

午餐前，童市镇镇长对满茴全席做了详细的介绍。午餐后，平江县风景名胜管理办公室余湘群主任，和我们一一添加微信，拜托我们用笔好好宣传一下这里的红薯、茶油，殷切希望这些山珍能够走出大山。

改革开放以来，神州巨变。全国都在深入贯彻落实习近平总书记关于"三农"工作的重要论述，全面实施乡村振兴战略，切实做好"三农"工作，加快推进农业农村现代化建设。因此，一些特色小镇异军突起，今年我多次参加了"我看小镇新变化"的采风活动，看到了一些经济落后甚至贫困的乡镇向特色小镇跃变，人们生活水平从温饱型逐步迈入小康行列。新农村建设，这是老百姓最高兴、最舒心、最满意的事情。

平江之行，让我在新农村看到了很多平易近人、勤勤恳恳、以身作则的好领导。中国新农村建设，既要党的好政策，又要千千万万的好领导，更要亿万人民共同努力。

广兴洲，一部厚重的湖湘文化史

四月的春天，在人们心头绽放，清新、婉约、美好。

2019年4月20日，岳阳市网络文化协会一行32人前往君山区广兴洲镇进行湖湘文化探访。我们刚下车，映入眼帘的是满眼的绿色，但有一片油菜花还在拼力吐出金黄色的焰光。温煦的阳光洒满兴洲大地，我们沐浴着灿烂的光辉，感受小镇的风土人情。

广兴洲镇辖9个行政村，3个居委会，总人口约4.4万人。距岳阳市中心城区35公里，总面积88.4万平方公里，耕地面积4530多公顷，水面约670公顷。广兴洲镇区位优势明显，东枕万里长江，西伴八百里洞庭，S306省道沿镇而过，X072县道贯穿其中，江南渡口连接湘鄂，与杭瑞高速入口相接，水陆交通便利，自古为三江商贾会集之地。

旅游是我的爱好之一。有些人认为旅游看的是城市高楼，灯红酒绿，车水马龙。对于喜欢文字的我来说，虽然城市的热闹繁华大同小异，但每个城市的文化底蕴是绝对不一样的。我特别欣赏的是每座城市有不同的文化底蕴。当一串串数据摆在眼前时，我惊喜万分。广兴洲镇区建成面积约2.8平方公里，拥有中心街、十字街、天长街、胜利街、教育路、财政路、通江路等街道，街道总长度2公里，总建筑面积60万平方米，街道路面硬化率100%。境内七茅线油路贯穿全镇，与村组砂石公路联网相通。

更令我们惊诧的是，广兴洲镇在岳阳市首创了乡镇文联，出版文字书刊多部。2009年被授予省"楹联之乡""诗词之乡"称号；2015年被评为"全国文明村镇"。作为一个乡镇，文化底蕴如此厚重，真的出乎我们的意料。

一方面，我为这个镇感到无比的骄傲和自豪；另一方面，我很纠结，在众多文人面前，我的采风文章怎么写呀？采风活动不是走走看看了事，总还要写点儿什么才好吧。逼上梁山，我用"丑媳妇总要见公婆"来安慰自己，捉襟见肘的文字可能是班门弄斧，但也没有办法。我要让美丽的乡村景色为我的文字润色，任我的诗心在广兴洲镇飞扬……

一条条宽阔明亮的柏油公路，一颗颗"大白菜"悬挂在太阳能路灯杆上，一眼看不到尽头。卡车、轿车与我擦身而过，让人仿佛置身在都市中。长江大堤，外临长江，内种一排排高大的杨树，像一个个顶天立地的巨人，成为沿江村民的守护神。杨树叶子绿绿的，比手掌都大，绿得快要滴油了，新嫩悦目，树枝挺拔向上，将蔚蓝的天空高高举起。

走下沿江大堤，绿油油的一大片菜地，一眼望不到边。我们停下脚步观察，有人说是"芥菜"，有人说是"白菜"，还有人说……我也不认识，便问镇党委龙书记。龙书记告诉我们，这是甘蓝。多么富有诗意的名字！甘蓝，我们习惯称其为卷心菜、包菜、洋白菜等。颗颗绿油油的甘蓝，排着整齐的队伍站在塑料膜上面，有些还躲在塑料膜里面偷懒，不想把头探出来，有些干脆在塑料棚里犹抱琵琶半遮面，还要勤劳的广兴洲人把它们"请"出来。广兴洲镇是名副其实的"湖南省和岳阳市一线蔬菜基地""湖南省蔬菜标准化生产示范区""湖南省放心菜基地""中南五省南菜北调基地"。

我们来到了一幢具有乡村风情、精致典雅的别墅边，气派的围墙、高大的门厅、茶色的玻璃、灰色的圆柱，尽显雍容华贵的姿容。它既保持了传统建筑的古雅，亦有现代建筑的简洁、富丽的艺术风格。正当我们不由自主地掏出手机想拍照时，里面走出一位村民大哥，好奇心驱使我上前打听别墅的主人。很巧，他就是这栋别墅的主人之一，这是他们四兄弟合建的房子。如此浪漫与庄严气质的别墅，以前是大城市的专利，现在的别墅已经移居到农村。四兄弟合建这么大一栋别墅，是中国农村经济迅速发展的一个缩影，是兄友弟恭的典范，说明这一大家子真心相扶相助，和睦友好。

我还沉醉在别墅的遐想里，不知不觉一转弯就到了洪市生态园。一条清澈的水渠，像一支箭似的直往前方。水渠的一边杨柳依依，细长的柳丝轻轻摆舞，倒影映在清澈的河面上，犹如一位美女在河边梳妆，美极了！"怡然亭""映月亭""清心亭"……亭接一亭，亭亭相连。紧挨亭了的假山，显得精神抖擞，别具一格的石头，形状各异，各不相同。有的石头像莲花瓣，有的像老人，有的像乌龟。周围清澈的水不知疲惫地喷涌而出，水池将假山紧紧拥在怀里。水池旁边有一个花池，那姹紫嫣红的花儿笑得比太阳还灿烂。这是农村吗？我情不自禁地发出一声感慨：真是城乡一体化了。我像只快乐的鸟，不放过任何一处美景，拍下这美丽的瞬间。

美丽的乡村让我们目不暇接，合兴村又闯进我们的视野。合兴村位于广兴洲镇中南部，俗称鱼尾港。在展览板前，龙书记指着照片告诉我们：空心房整治前和整治后有天壤之别，整治后不仅是外观上得到极大改善，而且还促进了邻里之间的和谐。整齐的房屋，一屋一园一水池。每家每户旁边都留有一块菜园地和一个水池，便于村民菜地种菜水池养鱼，这不正是人们一直向往的田园生活吗？

我在深深的羡慕中，还没有缓过神来，"鱼尾巷大舞台"六个镀金大字出现在眼前，耀眼夺目。舞台的前面，被绿色轻轻点燃，健身器材应有尽有，老人、小孩可以在此踢踢腿、弯弯腰，在小广场上可以纵情歌舞。亭子里清风拂面，三两人群在亭中小憩，谈天说地，好不惬意。亭子又如一位忠诚的战士，挺立在小广场上，守护着鱼尾港的村民。我对亭子一直情有独钟，只要看到亭子，都会进去体味一番，喜欢在这个优雅的空间里回味自己的人生，再看看亭外的风景。这里是名副其实的天然氧吧。我贪婪地呼吸着丰富的负氧离子，真想将这里的空气纳入囊中打包快递回家。

一天采风即将结束，手捧着散发泥土芳香的《野荷文学》，我激动不已。美不胜收的广兴洲，让我们流连忘返、如痴如醉，这一幅幅美丽乡村画卷定格在我脑海里。社会主义新农村建设在中国大地上正如火如荼地进行着，我相信广兴洲镇必将成为新农村一颗耀眼的明珠，大放光彩。

（发表于 2019 年 8 月《野荷文学》杂志。）

我看岳阳小镇新变化

春天是一个令人心动的季节，它神秘、缠绵、多情。好像是谁在掌控天空，将云藏起来，让太阳去流浪，使天公伤了心，一个劲儿不分白天黑夜地落泪。小鸟也不敢叽叽喳喳，任杨柳在风雨中摇曳。

这样的季节，真不适合坐在家里倚窗听雨。我把自己囚禁在平仄交替的诗行里。忽然，从手机里捎来心动的消息：我受邀参加由岳阳市委宣传部、岳阳市委网信办主办，岳阳市网络文化协会承办的2019年"我看小镇新变化"采风活动。

2019年2月13日，岳阳市召开农业产业化特色小镇建设新闻发布会，公布华容县三封寺镇、君山区钱粮湖镇、临湘市羊楼司镇为岳阳市农业产业化特色小镇建设第一批授牌单位，分别被命名为"芥菜小镇""龙虾小镇""竹器小镇"。这次活动，将组织红网网友和媒体同仁近60人前往这三个特色小镇采风。我的心像长了翅膀，想急速飞向绿色和清新的远方走走看看。

3月2日早晨8点，我们准时出发，奔赴此次活动的第一站，华容县的"芥菜小镇"三封寺镇。初春的雨就像个任性的孩子，风追着雨，雨追着风，风和雨携手追赶我们，用最柔情的姿态，亲吻着我们。虽然春风冷飕飕的，大家心里却美滋滋的。

在三封寺镇，我们所至之处是一片绿色的海洋。嫩绿的叶尖上留着晶莹的水珠，棵棵芥菜与春风同舞。道路边红旗招展，使这绿色显得更加耀眼，绿得更加柔媚。人们的照相机"咔嚓咔嚓"拍个不停，仿佛要把那抹清新的翠绿吸进相机里，装进心里。这些芥菜将经过勤劳的华容人民精心制作后，飞出湖南，飞出中国，飞遍全世界……

午餐后，我们前往君山区的"小龙虾镇"钱粮湖镇。"钱粮湖供销社"六个大字眼映入人们的眼帘。据我的认知，"供销社"已经成为一个特殊的文化符号，承载着一个时代的集体记忆，跟眼前的建筑实体一样，都快要进入历史博物馆了。然而，当走进镇政府，看到习近平总书记的题词"在新的历史条件下，要继续办好供销合作社，发挥其独特优势和重要作用"时，我们对供销社的认识又有了新的提高。镇领导先带领着我们参观龙虾展厅，然后在镇龙虾培训学校进行座谈。镇党委张书记向我们介绍了他们以农村"空心房"整治为"先手棋"，稳步推进乡村振兴工作的情况，并回答了媒体和网友们关于龙虾方面的提问。如钱粮湖镇有什么得天独厚的条件进行龙虾养殖？这里的龙虾真的是原生态吗？以及龙虾的市场需求、龙虾在岳阳市市场占领到几成份额等问题，张书记都一一予以回答，并做了详尽的解释。

随着经济的发展，人们的生活水平不断提高，在吃的方面也更是讲究无污染的原生态。钱粮湖镇党委政府就是顺应人们这一需求，进行稻虾养殖，没有任何污染和投放饲料。而且，张书记再三对我们说，龙虾田里的稻谷可以放心吃，因为龙虾对农药的耐受力弱，不可能打农药。这样原生态的稻谷和小龙虾，在不久的将来一定会走进千家万户。

张书记很自豪地告诉我们，没有大批量养殖小龙虾之前，镇上的劳动力都只能选择外出打工，现在很多外出的务工人员纷纷赶回家，参与养殖小龙虾。

跟随着张书记的脚步和耐心的讲解,我们先后参观了村民集中建房示范点——鸣雁山庄,在公益堂观看精准扶贫主题——文化惠民、送戏下乡的花鼓戏。在参观牛奶湖农村的涂鸦屋场时,我们对那些涂在墙上的画非常感兴趣。我们就近下车,驻足一户农家细看。主人相当热情好客,端出甜甜的柑橘分发给我们。主人家房子的涂鸦画是"奶奶,您先吃",有网友问主人,您做得到吗?他回答道,当然做得到啊,天天看见这涂鸦,做不到都不行啦。朴实的语言,发自内心的笑容,让我深深感受到现在农民确实越来越富足了,经济繁荣,社会稳定,人民安居乐业。

晚上我们在镇政府机关食堂就餐,张书记到每桌以茶代酒相敬。我对张书记说:"张书记您辛苦啦,今天陪了我们一下午。""不辛苦,我还只跑了一个镇,你们才辛苦呢,今天已经跑了两个镇。"张书记设身处地的回答,让我肃然起敬,感受到他的平易近人。从我们踏进"龙虾小镇"的那一刻起,张书记一直是形影不离地陪着我们。尽管只有一下午时间,他用自己的言行诠释着什么是靠前指挥。他勤勤恳恳、以身作则,一举一动牵动全镇人的心,也用无比的热情擦亮着我们每个前来采风的人的眼睛。我相信钱粮湖镇在不久的将来一定会成为"生态宜居、产业兴旺、乡风文明、生活富裕、治理有效"的现代化新城镇。

3月3日上午,阳光明媚,我心飞扬。我们一行来到了"我看小镇新变化"采风活动的第三站——临湘市的"竹器小镇"羊楼司镇。在参观完中国竹艺城、竹木家居创新创业园、竹情幸福小区后,我们来到著名的湖南省十三村食品有限公司。公司在全国劳模、全国道德模范李国武的带动下,坚守"良心做食品、善心做公益"的经营宗旨,业界的品牌影响力一直是响当当的。生态化的环境只是十三村的外表,一块著名的德字碑才是它的灵魂。这块由56位全国道德模范联手签名的德字碑,赫然竖立在厂区中央，过往的人无不心生敬意。李国武先生就是怀揣"德"字精神，长期资助贫困人群，是名副其实的爱心企业家，爱心墙上无数张纯真的笑脸就是最好的见证。

午餐后，我们在欢声笑语中结束了此次"我看小镇新变化"采风活动。通过两天3个特色小镇采风，我们看到了中国新农村的巨变。随着新农村的建设，党在农村的政策越来越好，农民的生活条件越来越好。我们相信，岳阳特色小镇必将如雨后春笋般涌现。2019年是建国70周年，这些特色小镇就是岳阳市献给党和祖国的一份最好的答卷。

平江脱贫攻坚走访记

天空，灰蒙蒙的。晚秋还是被冬日的霸气淹没，深埋在落叶纷飞的时空里。不知不觉之间，季节已经变了。

我将自己禁锢在平平仄仄里，任思绪在文字里驰骋飞扬。"喂，蒋鑫爱吗？我是市委网信办的，邀请你参加2019年11月27日平江脱贫攻坚走访活动，有时间没？"一个电话，将我从诗行里拉了出来。实施精准扶贫战略，是五级书记一齐抓的大事。受邀参加脱贫攻坚走访活动，我感到非常荣幸。扶贫工作开展这么多年，成效怎样是社会关注的热点和重点。百闻不如一见。资深网友们一般都是眼光犀利，洞察秋毫，让他们参与走访，有利于发现脱贫攻坚中存在的问题。市委、市政府开展脱贫攻坚走访活动，旨在推动各级党组织精锐出战、善作善成，以优良的作风决战脱贫攻坚，决胜全面小康社会的建设。

27日早晨，冬雨很大，寒意袭人。岳阳市委网信办组织15名网络媒体记者和网友，驱车前往距市区约170公里的平江县。

此次活动的第一站是平江县南江镇罗洞村。我们走进村民服务中心，看到身着护士服的人正在为一些村民测试视力。

座谈会上，南江镇党委书记李三江对2019年罗洞村帮扶工作情况进行了翔实的介绍。李书记明确表态，镇党委和政府按照上级的要求，有信心有决心有能力，继续做好脱贫攻坚的帮扶和推进工作。

该村有一位曾经被中央电视台12频道《道德观察栏目》跟踪报道过的15岁病人，叫刘子莹。她是一位不幸罹患白血病的小女孩，经过3年的化疗，治疗费用多达40余万元。2017年9月，这个负债累累、深度贫困的家庭，又经历了一次病痛的折磨。这个曾两度病危的小女孩，经省级医院50天的抢救、治疗，又新增20余万的医药费。万幸的是她与8岁弟弟的骨髓匹配成功了，湘雅医院专家建议进行造血干细胞移植手术治疗。为挽救女孩的生命，她父母已经变卖了家中所有物品及唯一的安身之所——房子。李书记讲到这个事例时说："60万，这不是一个小数目了，我作为镇党委书记要解决这个资金问题，目前真没有办法。"但这并不意味着他不管。病魔无情，人间有爱。为此，南江镇罗洞村结对帮扶的岳阳市工商联和南江镇党委召开专题会议，找来一些企业家，并请发动他们的会员进行募捐。与此同时，驻村工作队也帮助解决了她家的安置住房。2018年帮助募集15万元医疗救助款，今年下半年又募集5万余元，使得该户渡过了难关。除去医保报销部分，目前的众筹资金已达80多万元。我想，对于这样一个家庭，如果没有党的好政策，没有扶贫干部的倾力相助，坚定既扶贫又救人的决心和信心，这个家庭早就垮了。

数据是枯燥的，网友们一直习惯于用事实说话。我们深入实地走访，就要看看贫困户的安置点。走进一户村民家，只见他家堂屋正中墙壁上悬挂着毛主席和习近平总书记的两幅画像。无须用语言来说明，村民将感激和敬佩之情全部融在悬挂的画像中。这个曾经住在山中茅屋里的汉子，现在家里拥有了电视机、冰箱、烤火炉，精致的门窗、家具等，那发自肺腑、洋溢在脸上的笑容就是给扶贫工作最好的点赞。

我们随后又走访了几个村办企业。扶贫工作队按照"一人打工，全家脱贫"的思路，帮助本村从长沙引进来料加工、包装的扶贫车间，已经落地、试生产。罗洞村党员何拥军的来料加工扶贫车间，真让人感叹处处可以扶贫，事事可以扶贫。据调查了解，这个扶贫车间解决了五户贫困户在家门口就能就业的愿望。我询问正在忙碌的董女士，她告诉我上班快三个月了，每天工作时间是八小时，每月有四天假，月工资 2000 元。如果有加班，再另外发加班费。我笑着和她说，你在家门口打工，这月工资相当于广东的 6000 元。

这扶贫车间生产出来的成品多种多样。其产品"拔鞋器"，我当时拿在手上不知道是什么玩意。市工商联驻村扶贫干部何青锋，拿着鞋拔子在他身后比画，才让在场人员恍然大悟。原来是外国人身材高大，不想弯腰拔鞋，就用它往后面一勾就好了。这个拔鞋器国内市场价格是 10 元左右，出口后身价倍增。车间里还有各式各样的瓶瓶罐罐，什么鞋油、洗洁精、洗衣液等，真可谓是琳琅满目。

午餐后，在"谢谢南江镇"的道别声中，我们前往此次走访的第二站——梅仙镇三里村。座谈会上，我们对该村工作中所取得的成绩感到由衷的欣喜，并对今后的工作也提出了一些意见和建议。驻村扶贫队队长陈勇非常谦虚和坦诚，笑着说，你们说的我全部打收条，有则改之无则加勉。此时天公作美，雨停了，云散了。一切渐渐明朗起来。我们也加快了走访的脚步。

有人建议，我们这次一定要去"小有名气"的贫困户舒梦秋家看看。一进他家，我们看到了两台摩托车，鞋架上摆满了鞋子，衣架上挂满了衣服，墙壁洁白，厨房里厨具一应俱全。楼上有个阁楼，红漆地板、空调、冰箱，赫然在目。一楼是堂屋和卧室，阁楼也有同样大的面积，后面有厨厕和院落。这还是贫困户吗？我仿佛走进了城里的小康人家。我随即问女主人，住这个房子你们要交多少钱，她满脸喜悦地告诉我："1 万元。"

啊！我没有听错吧？同行的扶贫队长对我说："你没有听错，她也没有说错，确实是1万元。"陈队长告诉我们，像这样的安置房，1人户是35平方米，符合条件的只要交3000元就可入住；2人户是45平方米，交6000元可入住；3人户是60平方米，交9000可入住；3人以上户是60平方米，交1万元可入住（因为3人以上房屋的阁层较高，可作住房）。这样看来，我们的扶贫干部，在设计方面确实是煞费苦心了。我们为这样人性化的设计点赞！

我问女主人，你老公呢？她说出去做事了。舒梦秋会电焊的手艺，一年可以赚个七八万。人呀，就是这样，当对生活失去信心时，就会进入恶性循环。越穷越不想做事，越不做事越穷。人都有惰性，所以扶贫要先扶志。

在安置点，我们在一家贴有大红"囍"字的房子前停了下来。这户户主是脱单脱贫的易秋涛。他家以前的老房子倒塌后，他就住在山上的一个破庙里。过去，他是"一人吃饱，全家不饿"，近年在修路中获得了4万余元补偿款。他一天到晚打麻将，打累了就到破庙里呼呼大睡。用群众的话说，他是"破罐子破摔"的典型。扶贫工作队入村后，耐心细致地做他的工作，对他进行鼓励和帮扶。现在，易秋涛算是真正被扶起来了，成为名副其实的"双脱"典型。有了漂亮的新娘子，易秋涛脸上笑开了花，现在每天打工赚钱，娇妻料理家务。热饭热菜热被窝，他现在享受的可是最美最有盼头的人生了。

在"治陋习、树新风"工作的基础上，三里村建公墓、倡导火葬，从"建、拆、禁、管"四个方面着手，推进乡村振兴、移风易俗工作。既有效地保护绿水青山，又节约自然资源、改善人居环境，同时也减轻了群众经济负担，助推脱贫攻坚。一是"建"，三里村公墓山占地13亩。公墓建好以后，可节约10亩土地，可为群众减轻经济负担500万元以上。二是

"拆"，拆除原有的"活人墓"和豪华墓，其中三里村就拆除62座，并全部复绿。三是"禁"，除镇、村公墓外，其他地方一律禁止再造坟墓。由于少数老人旧思想严重，三里村率先建村公墓的举动费了很大力气。说起来容易，做起来很难。从建公墓再到火葬，很多人都想不通。经过多方调查最终找到一座高山，扶贫队邀请老人们在早晨太阳升起时去实地察看，这样他们的思想才慢慢转变过来，说："这地方好，热闹，要得。"公墓建成后，村里有16位老人先后去世，14人葬在公墓。公墓旁边还有树葬，村民可以自由选择，不做硬性要求。

看着这些数字，我们可以想象到精准扶贫工作有多拼，它们凝聚了扶贫干部多少心血和汗水。扶贫还在继续，真扶贫、扶真贫，成为他们工作的重中之重。扶贫干部用脚步丈量山村泥泞的小路，用心温暖无助落寞的每一双眼神。

2020年是决胜全面建成小康社会、决战脱贫攻坚之年，也是"十三五"规划收官之年。我们坚信各级党政和扶贫干部，不管扶贫路多么艰难，一定会高质量完成脱贫攻坚的各项任务，全面夺取脱贫攻坚战的伟大胜利。

神韵琅塘

秋天是一个多姿多彩的季节，是一个诗情画意的季节，是一个丰收的季节。秋天属于每一个人，收获属于每一个人。天高气爽的秋日，让人神采飞扬，精神抖擞。

2019年9月20日，湘阴县作协受冷水江文联、冷水江作协的邀请，前往新化县琅塘镇采风。我第一次见到"琅塘"这个名字，是读湘阴县作协主席湛鹤霞的《资江上的守庙人》，她在文中曾写到过这个镇。当踏上琅塘青石板路时，我愿自己能够亲自揭开琅塘神秘的面纱。

琅塘镇，位于新化县西北边陲，地处娄底、益阳、怀化三市交界处，濒临资水，毗邻安化。全镇总面积127平方公里，24个行政村，总人口约5万人，是新化县历史名镇、库区大镇，新化龙湾国家湿地公园依托琅塘镇、荣华乡境内21公里资江，规划面积2501公顷，有千岛湖、晚坪湖等11个岛屿。它是娄底市特色小镇建设试点镇，享誉全国的"水阀片之乡"。

秋风轻拂湖水，金色的柔波在资江水面上尽情荡漾。在渡口，我们喜遇娄星区作协前来采风的同仁们。在彼此"幸会"中，娄星区、冷水江、湘阴三地作协的同志们合影留念。今天，资江见证了天下文友是一家。我们站在渡船上，江中近山如黛，远山和天相接。传说此处有"三个太阳"，我们细看，一个在天上，一个在地上，还有一个在水里。

不一会工夫，渡船将我们眼前的资江抛在了身后。在镇领导刘主任的带领下，我们依次上岸。闯入我们眼帘的是琅塘老街，新化县琅塘供销社、琅塘饭店，是盖着灰色燕子瓦的木楼房。这里见得最多的是青石路、板房、木屋、橡角的苔痕以及拥挤的住房和铺面。阳光斜斜地照着这些古旧的建筑，涂抹着岁月的沧桑和落寞。木格子的窗扇结着蛛网，圆圆缺缺地挂着。人们说老街是条雨巷，这话一点儿不假。小巷深深的，幽幽的，古色古香，像一幅江南小镇风俗画……刘主任向我们介绍，明朝新化、安化茶马古道上的茶叶，在这里过茶税关，缴了税后发往全国各地，故有"上有邵阳，中有琅塘，下有益阳"之说法……

顺着刘主任的手指看去，两排新建的安置房让我们眼前一亮，与老街一对比，仿佛是从20世纪70年代穿越过来。前行数百步，一座庭院牵引着我们的目光，气派的大门上撰有大大的"谭宅"二字，显得十分富丽堂皇。走进庭院，看到的是一幢具有乡村风情的灰白色的三层别墅。别墅既保持了传统建筑粉墙黛瓦的江南水乡特色，亦具有现代简洁、富丽的艺术风格。别墅左侧，假山清冽的水汩汩喷出，石桌、摇摇椅和花草树木和睦相处，好不惬意。别墅前面有五个车位。水塘、青山、蓝天、白云、飞鸟、丝瓜藤一路高歌到围墙顶端，这是画家静物素描的佳处，这是美丽的自然画卷，令人陶醉和向往……

随着大巴车前行，一条绿色马路让我们不得不下车一看究竟。眼前的龙湾绿色马路，像一条闪闪发光的绸带，在秋风中轻轻地飘向前方。就在我们漫步在绿色绸带上尽情享受世外桃源风光时，一声呼喊把我们从梦中拉了回来。

"看！多美的荷花啊！"不知是谁喊了一声。"哇！"采风团队一片欢呼。这个季节应该没有荷花了，但眼前四面环水的晚坪村荷花惊艳了我们，更惊艳了这个仲秋。荷叶撑着一把小绿伞，大大小小的莲蓬东张西望，随风手舞足蹈，好像是在欢迎我们。青山绿水，蓝天白云，鲜花盛开，白鹭展翅。村舍、青烟相映，一派祥和景象。

刘主任介绍："在抗美援朝时，琅塘人民还曾经筹捐了一架飞机。"这是多么伟大的爱国行动啊，向琅塘人民的壮举致敬！

跟随着刘主任的脚步，我们来到田间小道。路边用稻草扎的"小矮人"排着整齐的队伍，手拉着手，仿佛在夹道欢迎四方来客。稻田边的围墙上，"农业学大寨"几个大字从我模糊的记忆中跳了出来，着实让人有一种穿越时光隧道的感觉。刘主任说，这是拍摄电视剧《向警予》时留下的。顺着围墙，我们走进了白云完小。白云完小前身是西团书院。西团书院是湖南"城西文化的主要策源地"，与长沙的雅礼中学、楚怡中学一道入选"中华百年名校"。它是目前中国连续办学时间最长的一所乡村小学，也是新化县唯一较为完整地反映教育历史和农村启蒙教育的珍贵遗产，是思想家成仿吾的母校。这是一座四合院，四周清水长流。乾隆八年（1743年），西团书院由当地茶商陈兼善捐资创建，距今已有276年的历史。西团书院像一个慈祥的老人，伫立在稻香飘逸的田垄中，看上去更显简朴而宁静，历史悠久，亲切而柔美。采风团有位老师提出，既然白云完小前身是西团书院，如果现在挂上书院的招牌，更显文化底蕴。冉校长微笑着点头，说："我们正在申请加挂西团书院的牌子。"

2019年以来，我多次参加岳阳市委网信办组织的市网络文化协会乡村采风活动，眼中所见都是鳞次栉比的高楼大厦，雍容华贵的乡村别墅，那些"古董""文物"式的房子均已绝迹。琅塘却有这么多保存完好的古迹，不能不令我们惊叹。

进入新化龙湾湿地公园，这次不是在穿越，而是在千真万确的现实当中了。湿地公园所在地是民主革命先驱陈天华、教育家成仿吾的出生地。

在龙湾湿地公园科教中心，戴上3D眼镜看科教宣传片，仿佛置身在繁华都市里。墙面上贴有各式各样的植物标本，每个标本都有一个二维码，只要用手机扫一下，这个标本的名称、用途就可以一目了然……

眨眼间，一天的采风活动已将结束。可谓是"不识庐山真面目，只缘身在此山中"，通过这次的采风，我似乎知道了为什么很多作家、游客都慕名前来。因为琅塘古镇既保存了历史的记忆，又能让人感受到新农村的美丽；既能让"60后""70后"找到童年的记忆，又能够让"80后""90后"亲眼看见到他们只能在图片中见到的历史遗迹。今天的采风，恰似坐上了"时光穿梭机"，让我们深深感受到琅塘古镇的神韵！

绿色发展乡镇行

2019年，是中华人民共和国成立70周年。为给祖国盛世华诞献上一份厚礼，岳阳市全面铺开"空心房"整治和清洁村庄行动。市委、市政府决定：按照中共中央"乡村振兴"的战略部署以及环保督查工作的要求，在全市市直机关抽调150名干部，组成50个"空心房"整治和清洁村庄行动攻坚工作队，奔赴50个重点乡镇，蹲村驻乡，强有力地推进此项工作。

为积极响应市委、市政府的号召，开展"空心房"整治、清洁村庄，改善农村人居环境，对旧屋场进行提质改造，市经开区西塘镇党委书记方敏和市工作队及镇党政领导班子成员带领该镇村支两委负责人，多次去兄弟单位考察和学习。他山之石，可以攻玉。金黄村和相友村在攻坚工作中最终脱颖而出，成为市级示范村。"山上是果园、山下是花园、全村是公园"和"绿色银行"就是这两个村亮丽的名片。

6月16日，岳阳市网协一行30余人前往市经开区西塘镇开展以"魅力经开区，绿色发展乡镇行"为主题的采风活动，拟对该镇"公园村"和"绿色银行村"的打造工作进行采访报道。

绿是水的柔颜，是山的丰颜。绿色，是生命的化身。绿是宁静的语言，绿是欣欣向荣的象征，绿是森林康养的源泉。绿色象征希望，绿色象征活力，绿色是生命的灵魂。无论何时何地，绿色总是伴随在我们身边。有一种绿色，也许很多朋友没有见过。不瞒大家说，在此之前我听都没有听说过，它就是市经开区相友村的"绿色银行"。一提到"银行"，人们就会联想到存款、取款等一系列活动。我想一个村怎么会有"银行"，而且还叫"绿色银行"？这与我们平时的银行一样吗？

当相友村"绿色银行"工作人员将他们的存折样本发放到大家手中时，我看了看，张着嘴半天说不出话来，还真有存折！区建设交通局驻相友村工作队队长周晓明、相友村支书周小良在村部向我们介绍说，为改变村容村貌，确保人居环境干净、整洁、有序，提升群众养成爱护环境、保护环境的意识，4月18日相友村"绿色银行"正式挂牌成立，是经开区成立的第一个垃圾分类、废旧物资回收后兑换物资的银行。"绿色银行"实行行长责任制，村民将废旧物品送到银行，行长根据该物品的回收价值，为村民换取生活日常用品（如食用油、盐、味精、酱油、陈醋等）。如将病死的鸡、鸭、猪、牛、羊等家畜家禽挖坑埋掉，将按10至30元不等进行补偿。行长负责银行内所有物品归类存放，自行转换资源，按质按量给村民兑付、进行造册登记。

看到存折，我真想一睹"绿色银行"的真容。随着周小良书记的脚步，我们来到了相友村"绿色银行"。"绿色银行"四个红色的大字，悬挂在一栋精致的两层楼房的外墙上。走进银行，墙壁上依次贴有织物类、塑料类、金属类、玻璃类、电子类和有害垃圾分类等标识，分得很细、很到位。这些物品以前是扔都没有地方扔，现在还可以折算成钱兑换新的物品。"垃圾就是宝"，真的不再是传说了。这是名副其实的"变废为宝"，既节约了资源，保护了环境，又让村民养成了良好的生活习惯，告别了"随手扔"。同时，村支两委还以农村人居环境整治为契机，多措并举，着力抓好农村清洁环境卫生工作，与村民签订环境卫生责任书，实行"门前三包"制度。

每月评选最清洁户、清洁户和欠清洁户并进行公示,每月评出一名"最清洁户之星",由村"绿色银行"给予200积分奖励,存入"绿色银行"存折,相当于可以获得价值80元的生活物资。评比开展以来,越来越多的村民成了追"星"族。如今,村民见面寒暄不是问"你吃了吗",而是"你又给绿色银行送了多少东西了""你存折上的积分多少"……

车在弯弯曲曲的山村公路上快速行驶,一大片果园闯进我的视野。一片翠绿,仿佛就是绿色的海洋,高高低低的果树像海面翻腾的波浪。放眼望去,满园的绿色直达天边。果树墨绿色的叶子密密匝匝,挤得不留一点儿缝隙。啊,这植物散发的香气,扑面而来,简直可以绕怀三日。我急不可耐地跳进这绿色的海洋里,一看是梨树,树枝上挂着一个个黄澄澄的果实。它圆圆的,像身着一件黄色衣服的小姑娘,惹人怜爱,在风中摇摇摆摆地晃动。这些挤挤挨挨的家伙,弄得我垂涎三尺,真想一口一个,来个"不醉不归"。周书记介绍说,现在还没有到成熟期,如果吃,口感不是很好。细想也是,现在还是夏天,要等勤劳的秋姑娘挥挥魔法棒,才可以让这些梨子变熟变甜。可喜的是,今年的梨子收成好,又能卖个好价钱。我仿佛看到大把大把的钞票进了村民的腰包。

金黄村,位于西塘镇东部,由原金黄村与金家村合并而成。奇西公路穿村而过,交通便捷。总面积3平方公里。全村有24个村民小组,660户,2802人。其中党员73人。支、村两委干部9人。金黄村以果业、苗木种植和农业为主。

自2019年2月岳阳市开展"空心房"整治和村庄清洁行动以来,经过3个多月的时间,现在已到了火力全开、集中攻坚的关键时刻。市级示范村金黄村截至6月初,已清理垃圾2150吨、配备保洁员6名;拆除"四房"78栋12344平方米、拆除违建棚亭19处;疏浚、硬化沟渠4公里,治理黑臭水体3处;治理畜禽养殖污染户200户;整治绿化干道3.5

公里、村组道路"白改黑"提质改造1.8公里；规划村民集中建房点1个，房子墙体立面改造46栋、提质改造美丽屋场2个，菜园、苗木基地围栏整治4公里；规划公益性墓地1处、拆除活人墓16冢；建设生活污水处理项目1个等。

走在绿色山村宽阔、整洁的柏油路上，我第一次真真切切地体会到，这种感觉与在城市的感觉完全不一样。满山的果树，就像一群群身着绿装的仙女在翩翩起舞。在这里，没有城市钢筋水泥建筑物的坚硬，可以在绿意无限的旷野里自由呼吸，听柔风细语。弯弯曲曲、黑油油的马路边，是两道醒目的白色车行道线（白色实线用来指示机动车道边缘或用来区划机车道与非机动车道界线）。掩映在绿树丛中的小楼房，白墙黛瓦，墙面满是宣传画，内容有道德教育、中华美德、诗词歌赋等，琳琅满目。这柏油路恰如一条五彩斑斓的绸带，也像一条青龙在美丽屋场盘绕，延伸进远处的青山中，让人产生无尽的遐想。这条"白改黑"的村道，全长1800米，耗资70余万元，资金全部由村民和乡贤自筹。

我们在青石塘微公园驻足观看，塘边挺立着高大的树木，池塘也皱染着绿色，鱼儿清晰可见，生机盎然。风，轻悄悄的；草，绿油油的。林籁泉韵、诗情画意，让人流连忘返。茂密的枝叶，如同一把巨型的大伞，遮挡着炎炎烈日。在凉亭里稍事休息，泥土的芬芳扑面而来，清新的空气沁人肺腑，这是多么的惬意啊。做一次深呼吸，把身心交给自然，掬一缕清风，让灵魂和乡村交流，与社会主义新农村西塘镇金黄村水乳交融。

车沿公路盘旋而上，把我们载到了山顶上的山下乡农庄。农庄周遭树木郁郁苍苍，重重叠叠。一株株松树，碧绿滴翠，婷婷袅袅。我仿佛置身于绿色的海洋，任绿色揉搓我的眼睛，流进我的心胸，让自己完完全全融入大自然中，神游天外……

"中国人民有志气，有能力，一定能够在不久的将来，赶上和超过世界的先进水平。"这则几十年前的毛主席语录，在农庄的墙壁上赫然出现，璀璨夺目。诚哉斯言！"山上是果园、山下是花园、全村是公园"的金黄村，"绿色银行"的相友村，果然名不虚传、威名远扬。这是 70 年来我国国民经济快速发展，人民生活水平不断改善和提高的缩影，是社会主义新农村建设日新月异，发生着巨大变化的缩影，是"不忘初心、牢记使命"，向新中国 70 华诞献上的一份厚礼！

看，湘阴县新型高素质农民

我的娘家和婆家都在农村，20世纪90年代，我连续10年作为《湖南农村报》特约通讯员以及多家报刊的通讯员，注定我与农村有着不解之缘。在改革开放的40多年里，农村发生了翻天覆地的变化，从贫穷、落后的困苦生活开始奔向小康，变化让人难以想象。现在越来越多的城市人羡慕拥有农村户口的人，毕竟现在拥有一个农村户口是一件特别吃香的事。但有时我看到现在的80后、90后甚至00后不事稼穑，我就在想，今后的农村怎么办呢？受同事周灿明先生之邀，我有幸参加了由湘阴县农业农村局、湘阴县链田职业培训学校举办的"2021年湘阴县高素质农民培育植保无人机飞手培训暨植保无人机技能大赛"活动，才发现我的担忧是多余的，真有点儿杞人忧天的味道。

2021年11月18日，阳光带着喜悦，在车窗玻璃上不停书写，天空瞬间变成一片蓝，我一脚油门就踩到了素有湘阴"西大门"之称的"蟹虾特色小镇"——湘阴鹤龙湖镇保合村部。

走进大门，指示牌上的大字映入我眼帘——湘阴县高素质农民培育植保无人机飞手培训。"高素质农民"和"植保无人机"，也许是我太孤陋寡闻，这两个名称我还是第一次听说。"高素质农民"容易理解，无人机我倒也见过，像只小蜻蜓一样可以在天空中飞翔。可"植保无人机"多大？作什么用？我真的一无所知。带着这个疑问，我见人就问。随着"飞手"们络绎不绝地走进大门，在工作人员的指点下，我找到一位选手解答我的问题。他叫任博采，1979年出生，湘阴县静河镇青云村人。在他的耐心讲解下，我才知道无人机可实现农药喷洒等工作。我说还从来没有见过这种无人机，可否让我一睹它的"尊容"，他连忙打开车后备箱，搬出这个"家伙"摆在我面前。看，真不愧是我们大中国的新型高素质农民，他开着豪华版的山地越野车，后备箱里装着的就是植保无人机……

湘阴县位于湖南省北部，居湘资两水尾间，濒南洞庭湖，是一个种植双季稻为主的农业大县，古称"楚南首治"，今为"湘北粮仓"。全县总面积1581.5平方公里，辖14个乡镇，156个行政村，总人口77.85万人，其中农业人口59.69万人，耕地总面积73.5万亩，是"长株潭"城市群全国"两型社会"建设实验区五大示范区之一的滨湖示范区、全国粮食生产先进县标兵、全国科技工作先进县、全国粮食百强县、全国渔业百强县、全国无公害茶叶生产示范县、全国农产品质量安全管理先进县、全国农业产业结构调整先进县、湖南省名特优水产养殖示范县、湖南省水产品总量第一县、湖南省乡镇企业先进县、湖南省承接产业转移发展加工贸易实验区、湖南省5个最具投资吸引力县、全国高素质农民教育培育试点县。

湘阴县农村农业局科教股股长余建军告诉我：为助力乡村振兴，湘阴县农业农村局大力培育了一批有文化、懂技术、善经营的高素质农民，为现代农业发展提供了人才支撑！为做强农业、夯实农村、富裕农民，加速现代农业发展进程，实现强农稳县目标，该局制定了《湘阴县新型职业农民培育认定及管理办法（试行）》，从培育对象的选定、培育机制、认定标准及程序、新型职业农民待遇及新型职业农民的管理五个方面做了详细的规范。他们将认定的职业农民名单上报到新型职业农民培育工程信息管理系统，进行信息化管理，建立"能进能出、能升能降"新型职业农民资格动态管理模式，实行资格一年一认定、二年一复审制度，对审核不符合条件的取消资格。

为不断提高从业人员素质与技能水平，有效促进社会就业和创新创业，加快产培融合发展，更好地服务地方经济社会建设，湘阴链田信息科技有限公司根据《中华人民共和国民办教育促进法》《湖南省促进民办职业培训实施办法》等法律法规的有关规定，于2020年6月17日成立农民教育培训基地——湘阴县链田职业培训学校。

2021年11月18日上午10点半，在主持人一段热情洋溢的开场中，"2021年湘阴县高素质农民培育植保无人机飞手培训暨植保无人机技能大赛"正式拉开了帷幕。一架架植保无人机在主人的遥控指挥下，遨游在油菜地的上空，看上去好像是在炫技表演，其实它们在尽职尽责自动定量、精准控制、完成低量农药的喷洒……

祝贺由湘阴县农业农村局、湘阴县链田职业培训学校举办的"2021年湘阴县高素质农民培育植保无人机飞手培训暨植保无人机技能大赛"圆满成功！

湘汨一家亲泳友联谊赛

在历史上，汨罗与湘阴本是一个大家庭，汨罗于1966年分家建县，1987年撤县建市。就像两兄弟分家过日子，虽然分开了，但是感情一直在，故一直有"湘汨一家亲"之说。

金秋九月，丹桂飘香。"以水为缘，以泳会友"，为加强游泳交流，喜迎中秋国庆，湘阴县冬泳队与汨罗市游泳协会约定，于2021年9月19日下午在汨罗江举办湘汨两地泳友互动联谊活动。

时令已是仲秋，汨罗江的上空却还是烈日当空、骄阳似火。在汨罗江国际龙舟竞渡中心，在主持人一段热情洋溢的开场中，"我游泳，我健康，我快乐"湘阴汨罗两地泳友迎中秋庆国庆联谊赛正式拉开了帷幕。每位选手都系着一个贴着自己号牌的气球，随着一声"开始"，"扑通、扑通……"一刹那间93位选手扑向伟大的"母亲河"——汨罗江的怀抱，像箭一样你争我抢地往前冲去，水花四溅。瞬间，93位选手像93朵盛开的鲜花绽放在汨罗江中，在阳光的反射下，五颜六色的气球十分壮观，选手们宛如一条条金鱼游向前方……

此次活动分为参赛组和畅游组，参赛组赛程共计5000米，选手们要游至1250米处再游回，总共两个回合。随着选手们一个个消失在我这个

"旱鸭子"的视线中，我开始安静地坐在江边，微眯双眼，听那汨罗江的声音，深感生命的神奇。此时此刻，我不仅听到江水奔涌的声音，仿佛还看到屈原在汨罗江边的纵身一跃，激起擎天水柱……这一跳被定格为中华文化的精神巨雕，唤醒了多少有骨气的文人。"路漫漫其修远兮，吾将上下而求索"，这一诗句激励了一代又一代后人奋发图强。我又想起了余光中先生的"蓝墨水的上游是汨罗江""有水的地方就有人想家，有岸的地方楚歌就四起，你就在歌里，风里，水里"的诗句……

"14号，李奥——李奥——"一声大喊中，把我从汨罗江水的沉醉中拉了回来。这位只有22岁的汨罗市游泳馆教练已完成第一个回合，用时50分钟。随着选手们接二连三完成第一个回合的比赛，更加激烈的第二回合比赛也开始了。

不到3个小时，所有参赛选手全部上岸。5000米，烈日炎炎，就是走完全程都相当困难，何况是游泳。在此，我要向所有参赛选手致敬！

湘阴县冬泳队属于自发组织，这次正式参赛人员36人，实行AA制，每人交费100元，共计3600元。晚餐是由举办方汨罗市游泳协会招待，在晚餐中我还看到一个细节，让我感触很深。平时，我们就餐时总喜欢选择和熟人坐在一起，而这次却不一样，已就座的均被我们热心的东家吴闯一一拉开。他说：必须是几个汨罗人和几个湘阴人坐一桌，才像一家子。这让我真真切切地感受到了"湘汨一家亲"，绝对不是传说。

后记

年轻时为了天荒地老的爱情，我不顾家人劝阻远嫁湘阴。正因为有身处异乡、举目无亲之感，我才相信在文字的倾诉中亦能疗伤。一路走来，我一路打拼——伤过，痛过，苦过，累过，哭过，闹过。我，却给人留下了坚强的印象。

时间，总劝我改变、忘却。曾经迷茫的日子，也早已一去不复返，好在我有文字陪伴。人生旅途上，很多的人和事随风而去，也有很多的人和事随眠入梦，幸运的是还有一些人和事长留心间。

我感激感恩，不愿欠人世的情，哪怕是一句温馨的话语，都让我入脾，入肺，入心，入脑，入魂。记得嫁入湘阴县，人生地不熟，妊娠反应特别严重，很难进食，没有婆婆，先生公差在外，有位邻居对我说："小蒋，你想吃什么我帮你去买。"这份情，至今令人没齿难忘。尽管我当时想吃的东西买不到，但这句话我一直记着，心存感戴。前几年，我特意买上礼品去拜访这位让我感动了一辈子的邻居。我爱憎分明，我的文字也一样。有人说文如其人，我认为这话很有道理。

感恩生命中的所有遇见，感恩关心和鼓励我的领导和老师，感恩支持和帮助我的亲朋。我心直口快，感恩一路有你们的理解和包容。因为有你们，我的生活才更加精彩。谢谢你们！

人生，其实就是一场从起点到终点的修行，可能只是每个人坐的车次不一样。如果有些不尽人意的事情落在自己身上，就要看我们怎样去面对了。有些事情，如果刻意地去追求，它就像蝴蝶振翅高飞，离你远去。如果你不去刻意追求，意外的惊喜又可能喜从天降。我们要向前看，过去的就让它过去，把握今天珍惜明天。记着，生活的强者，永远都是含泪奔跑的健儿。

静听钟声滴答，把灵魂掏出来，一起储存在未来的人生里，将岁月沉淀，倾注于笔端。写作，累并快乐着。欢喜在路上，曲折在路上，丰盈在路上。明天是否拥有，还需背起行囊，满心期待，脚步依然，情怀依然。写作就像朝圣，我一直在路上……

这一首2019年9月22日发表在《海南日报》的现代诗歌《人生》寄语自己，亦祝福亲朋和亲爱的读者。

时间又长又细/细得从我的指尖缝里遛走/它吹着号角/拉着我在人生路上跌跌撞撞

打开自己/端详着刻下的印痕和伤痛/身上冒出了脓包/用力挤出这些黏稠状的/红色液体

在平仄交替的诗行里/一盏热茶/氤氲着淡淡的清香/蔓延，渗透/时间嗅到了茶香/一步一步向我靠近/结痂，脱落

聆听冬雨的倾诉/蕴含多少年轮记忆/纤细的手臂，伸向远方/在这冬末的唇齿之间/变换着角度，正拉开/春暖花开的序幕